Fotografía por Nina Subin

LAURA RESTREPO fue profesora de literatura en la Universidad Nacional de Colombia, editora política de la revista *Semana*, y miembro de la Comisión Nacional Para La Paz. Ha escrito varias novelas de las cuales se destacan *La Novia Oscura, Isla de la Pasión, El Leopardo al Sol,* y *Delirio* por la cual recibió el Premio Alfaguara en el 2004. *Dulce Compañía* ganó el premio Sor Juana Inés de la Cruz en México y el premio France Culture en Francia. Actualmente vive en Bogotá, Colombia.

Dulce Compañía

NOVELA

LAURA RESTREPO

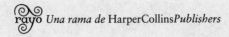 rayo *Una rama de* HarperCollins*Publishers*

**A las nenas: Carmen, Villa, Titi, Cristina, Clara,
Gloria Ceci, Diana y Helena.**

Los libros de HarperCollins pueden ser adquiridos para uso educacional,
comercial, o promocional. Para recibir más información, diríjase a: Special
Markets Department, HarperCollins Publishers, 10 East 53rd Street, New York,
NY 10022.

Este libro fue publicado originalmente en 1995 en Bogotá, Colombia por
Editorial Norma.

PRIMERA EDICIÓN RAYO, 2005

Library of Congress ha catalogado la edición en inglés.

ISBN-10: 0-06-083484-6
ISBN-13: 978-0-06-083484-5

05 06 07 08 09 RRD 10 9 8 7 6 5 4 3 2 1

Contenido

...queda demostrada de nuevo la flaqueza
natural de las mujeres y sus viciosas y
adquiridas facilidades para caer bajo el
asalto de cualquier ángel caído.

JOSÉ SARAMAGO

I

Orifiel, ángel de luz

No hubo presagios que anunciaran los hechos. O tal vez los hubo, pero no supe interpretarlos. Reconstruyendo la secuencia recuerdo ahora que días antes de que todo empezara, tres hombres violaron a una loca en la zona verde enfrente a mi edificio. También fue por ese tiempo que el perro de mi vecina se lanzó por una ventana del tercer piso, cayó a la calle y salió ileso, y que la lotera leprosa de la esquina de la 92 con 15 parió un hijo sano y bonito. Seguramente ésas fueron señales, ésas y tantas otras, pero sucede que esta ciudad desquiciada manda tantos preavisos de fin del mundo que uno ya no les presta atención. Y eso que aquí, donde vivo, viene siendo barrio clase media: nadie se imagina la de presagios que se dejan ver a diario por los tugurios.

La verdad escueta es que esta historia de ecos sobrenaturales, que de tan curiosa manera habría de trastornar mi vida, empezó a desenvolverse a las ocho de la mañana de un lunes muy terrenal y corriente, cuando entré de pésimo humor a la sala de redacción de la revista *Somos*, donde trabajaba como reportera. Tenía la certeza de que mi jefe me daría una orden que no quería oír, contra la cual me había indispuesto durante todo el fin de semana. Sabía que me mandarían a cubrir el reinado nacional de belleza, que estaba por empezar en la ciudad de Cartagena. Yo era más joven que ahora, me sobraban bríos y me empeñaba en escribir cosas que valieran la pena, pero el destino, que me daba por la cabeza, me obligaba a ganarme la vida en uno de tantos semanarios de frivolidades.

De todas mis obligaciones en *Somos*, el reinado era por mucho la peor. Era una tarea desapacible entrevistar treinta muchachas con talles de avispa y cerebros del mismo animal. Reconozco que también me lastimaban el orgullo su mucha juventud y sus pocos kilos, pero lo más doloroso era tener que concederle importancia a la sonrisa Pepsodent de miss Boyacá, a la soltería cuestionada de miss Tolima, a la preocupación por los niños pobres de miss Arauca. Para colmo las reinas se esforzaban por fomentar una imagen simpática y descomplicada, a todo el mundo trataban de tú, repartían besos, derrochaban contoneos y jovialidad. Se familiarizaban con los reporteros y a los que veníamos de *Somos* nos decían "Somitos": Somitos, mientras me entrevistas sostenme el espejo y yo me voy maquillando, escribe, Somitos, que mi personaje predilecto es la madre Teresa de Calcuta, y yo ahí parada, ante sus uno con ochenta de espléndida figura, anotando en una libreta la ristra de boberas.

No. Este año no iría al reinado así tuviera que dejar mi puesto. Prefería comerme un tarro de lombrices a soportar que me llamaran "Somitos", o a hacerle el favor a miss Cundinamarca de recogerle los aretes que dejó olvidados en el comedor. Entré, pues, a la redacción murmurando maldiciones, porque sabía demasiado bien que sería imposible conseguir otro trabajo estable, así que de ninguna manera podría renunciar.

Al fondo, de espaldas, vi un muy conocido saco de pana color verde botella, y pensé, ahora este saco se voltea, y adentro aparece el jefe con su pescuezo de pavo y sin saludarme me cacarea que empaque para Cartagena, y aquí va otra vez Somitos, a comerse sus lombrices con sal y pimienta. El saco se volteó, el pavo me miró, pero contra mis pronósticos se dignó darme los buenos días y no mencionó nada de Cartagena. Me ordenó en cambio otra cosa, que tampoco me gustó:

—Salga para el barrio Galilea, que allá se apareció un ángel.

—¿Qué ángel?

—El que sea. Necesito un artículo sobre ángeles.

Colombia es el país del mundo donde más milagros se dan
por metro cuadrado. Bajan del cielo todas las vírgenes, de-
rraman lágrimas los Cristos, hay médicos invisibles que operan de apendicitis a sus devotos y videntes que predicen los
números ganadores de la lotería. Es lo común: mantenemos
una línea directa con el más allá, y la nacionalidad no sobre-
vive sin altas dosis diarias de superstición. Gozamos desde
siempre del monopolio internacional del suceso irracional y
paranormal, y sin embargo, si era justamente ahora –y no un
mes antes ni un mes después– que el jefe de redacción quería
un artículo sobre aparición de ángel, era sólo porque el tema
acababa de pasar de moda en Estados Unidos.

Unos meses atrás, el fin de milenio y los vientos *New Age*
habían desatado entre los norteamericanos un verdadero
frenesí angelical. Cientos de personas atestiguaron haber
tenido contacto en algún momento con algún ángel. Hubo
incluso científicos de prestigio que dieron fe de su presencia,
y hasta la *first lady*, arrastrada por el entusiasmo general, llevó
en las solapas un broche en forma de alas de querubín. Como
siempre, los gringos se azotaron con el tema hasta quedar
saturados. La *first lady* se deshizo de las alas y volvió a joyas
más clásicas, los científicos aterrizaron, las camisetas estam-
padas con ángeles regordetes de Rafael se remataron a mitad
de precio. Quería decir que nos había llegado el momento a
nosotros, los colombianos. Algo nos pasa, que no recibimos
sino lo que nos llega retardado vía Miami. Es sorprendente:
los periodistas nos la pasamos recalentando temas ya quemados allá.

A pesar de todo no protesté.

–¿Por qué al barrio Galilea? –quise saber.

–Una tía de mi señora tiene una mujer de allá que va por
días a lavarle la ropa. Esa mujer le contó del ángel. Así que

salga ya y consiga la historia como sea, aunque se la tenga
que inventar. Y saque fotos, muchas fotos. La semana entrante mandamos el tema en carátula nosotros también.

—¿Me puede dar algún nombre, o dirección? ¿Alguna re-
ferencia menos vaga?

—Ninguna. Arrégleselas, yo que sé; cuando vea uno con
alas, ése es el ángel.

Galilea. Debía ser una de las incontables barriadas del
sur de la ciudad, atestada de vecinos, miserable, devastada
por las bandas juveniles. Pero se llamaba Galilea, y desde
chiquita a mí los nombres bíblicos me conmocionaban. Todas
las noches al acostarme, hasta que tuve doce o trece años, mi
abuelo me leyó algún trozo del Antiguo Testamento o de los
Evangelios. Yo lo oía hipnotizada, sin entender mayor cosa,
más bien dejándome llevar por el runrún de sus erres de belga
viejo que nunca pudo con el español.

El abuelo se quedaba dormido en medio de la lectura y
entonces yo, sonámbula, repetía en voz baja retazos de su tra-
balenguas todopoderoso. Samaria, Galilea, Jacob, Raquel,
Bodas de Caná, lago Tiberíades, María de Magdala, Esaú,
Getsemaní, retahíla de nombres sonoros que rodaban bien-
hechores por mi alcoba a oscuras, cargados de siglos y de
misterios. Los había también pavorosos, como las palabras
mane tesel fares, que aún no sé qué significan pero que pre-
sagian la destrucción, o como éstas otras, *noli me tangere*,
durísimas, dichas por Jesús resucitado a Magdalena.

Aún hoy, los nombres bíblicos siguen siendo talismanes
para mí. Aunque aclaro que a pesar de las lecturas del abuelo,
y de que recibí el bautismo y la formación cristiana, en realidad nunca fui practicante, y tal vez ni siquiera creyente. Y
sigo sin serlo: lo recalco desde ya para que nadie se prevenga

—o se entusiasme— pensando que ésta es la historia de una conversión.

Confieso que cuando mi jefe dijo "Galilea", en ese primer momento la palabra no me transmitió nada. Hubiera debido obrar en mí como una premonición, como una señal de alarma. Pero no fue así, tal vez porque la voz fastidiosa que la pronunció le había apagado la fuerza. Simplemente se daba el hecho peculiar de que a los barrios más pobres les endilgaban nombres bíblicos —Belencito, Siloé, Nazaret— y yo no le di al asunto más vueltas que ésa.

Veinte minutos más tarde tomaba un taxi y le pedía que me llevara hasta allá. El taxista ni siquiera había oído hablar del sitio y tuvo que averiguar por el radioteléfono.

De los ángeles yo no sabía más que una oración que rezaba de niña, "Ángel de mi guarda, dulce compañía, no me desampares ni de noche ni de día", y mi único contacto con ellos se había dado durante una procesión de 13 de mayo, día de la Virgen, en la escuela primaria, y no en buenos términos. Sucedió que mi íntima amiga, Mari Cris Cortés, por buena estudiante había sido escogida para formar parte de la Legión Celestial y por tanto iba disfrazada de ángel, con unas alas muy realistas que su mamá le había fabricado con plumas. Cuando la vi me dio risa, y le dije que no parecía ángel sino gallina, lo cual era cierto. Según la tradición, ese día cada niña debía escribir, en un papelito secreto, el deseo más profundo que le quisiera pedir a la Inmaculada, y esos papelitos, que uno no podía dejar que nadie leyera porque perdían su efecto, se quemaban después en unas canecas para que el humo llegara hasta el cielo. Esa vez sucedió que Mari Cris Cortés, ofendida por lo de la gallina, me rapó mi papel secreto y lo leyó en voz alta, y así todo el colegio supo que mi petición era que, por favor, algún día pudiera ver la cabeza tusa de la madre superiora. Por algún motivo eso produjo en la aludida una indignación sublime, que no guardaba, a mi juicio, proporción con la ofensa, y como castigo me llevó a su recinto privado, que ya de por sí tenía fucú, y cuando estábamos las dos solas se quitó el manto, me mostró la cabeza, que no era rapada sino de pelo cano muy corto, me obligó a tocársela y me hizo pedirle perdón. Todavía recuerdo la escena con auténtico terror, tal vez inclusive como la más terrorífica de toda mi vida, aunque viéndolo bien, la cosa no era para tanto. Más bien al contrario, durante algún tiempo me dio prestigio porque me convirtió en la única niña del colegio que había no sólo visto, sino además tocado, la cabeza tusa de una monja, y no de cualquier monja, sino de la superiora. Que en realidad no era tusa, como ya dije, pero yo mentí. Para no destruir el mito juré que era pelada como una bola de billar, y la verdad me la guardé para mí hasta este momento, en el cual la revelo.

Volviendo a *Somos* y al artículo: los motivos para escoger el tema de los ángeles me parecían deplorables. Pero a pesar de todo se me había compuesto el humor. Al fin de cuentas, cualquier cosa era mejor que preguntarle a miss Antioquia qué opinaba de las relaciones extramatrimoniales.

Nos metimos al mar intoxicado y lento de buses, carros y mendigos y nos tomó hora y media recorrer, de norte a sur, las calles irregulares de esta ciudad desbaratada. Después subimos por entre los barrios populares de la montaña hasta que se borraron las calles. Había empezado a llover, y el taxista me dijo:

—Hasta aquí la puedo traer, tiene que seguir a pie.

—Está bien.

—¿Seguro quiere que la deje? Se va a mojar.

—¿Hacia dónde camino?

Me respondió con un gesto vago de la mano, como señalando la punta invisible de la montaña:

—Hacia arriba.

Con razón hay ángeles allá, pensé. Eso queda llegando al cielo.

Un buen rato trepé cerro bajo la lluvia. Llegué cuando ya no quería dar un paso más, untada de barro y con las piernas temblando de frío bajo los bluyines mojados que el viento me pegaba a la piel. La tal Galilea era una barriada de vértigo. Hacia arriba el barranco se elevaba como un muro, hacia los lados se encrespaba la maraña de matas de monte, y hacia abajo llenaba el abismo un aire esponjoso y sin transparencia que impedía ver el fondo.

Las casas de Galilea se encaramaban con promiscuidad unas sobre otras, agarrándose con las uñas de la falda erosionada y jabonosa. Por los callejones empinados se dejaba venir el agualluvia formando arroyitos. El corazón del barrio era un baldío empantanado con dos arcos a los costados que indicaban que, cuando no llovía, ahí se jugaba fútbol. Pensé que cada vez que se escapara la pelota debía rodar y rodar hasta la Plaza de Bolívar.

Por la calle no había ni ladrones. No se oía una voz detrás de las puertas cerradas. La sola y grande presencia era la lluvia, una infame lluvia helada que me caía encima con ronroneo indiferente y parejo de motor. ¿Qué se había hecho, pues, la gente? Se habría largado para partes menos peores. ¿Y el ángel? Ni hablar. Si bajó a la tierra y cayó en este sitio debió devolverse enseguida.

Sentí unas ganas horribles de ir al baño, de llegar a mi casa, pegarme un duchazo con agua caliente, tomarme una taza de té, llamar a la revista y renunciar. Mejor dicho, me había entrado la desazón.

Pero cómo devolverme, en qué taxi o bus inimaginables, si había traspasado las fronteras del mundo y me encontraba encaramada en un peladero del más allá...

Caminé hasta la iglesia, meticulosa y recientemente pintada de color amarillo banano, con filos, puertas y detalles resaltados en marrón brillante, sobredimensionada y cachuda con su par de torres en aguja, como ponqué gótico recién horneado. También estaba cerrada, así que timbré al lado, en la casa cural. Nada. Timbré de nuevo, más largo, golpeé con el puño, y esperé hasta que una voz de viejo me gritó desde el otro lado de la puerta:

—¡No hay! ¡No hay!

Me habían confundido con un mendigo. Volví a golpear, con más empeño, y otra vez sonó el de adentro:

—¡Váyase que no hay!

—¡Sólo quiero información!

—Información tampoco hay.

—¡Cómo así, pero por favor! —yo estaba indignada y hubiera pateado la puerta, pero ésta se abrió, y la voz tomó cuerpo en un sacerdote de gafas, viejo pero no tanto, con dentadura nicotínica, barba de tres o cuatro días y un plato de sopa en la mano. Su cabeza no era redonda sino cortada en rectas, como un polígono, y yo pensé que de ella debían salir ideas obtusas.

El interior de la casa despedía un olor a guarida de fumador empedernido.

—Padre, vengo porque me hablaron de un ángel... —dije tratando de escampar bajo el alero.

Masculló con fastidio que no sabía de ningún ángel. En su sopa flotaban pedazos de zanahoria y, a través de los lentes, sus ojos impacientes me hicieron saber que se le enfriaba el almuerzo. Pero yo insistí:

–Es que me contaron que un ángel…

–¡Que no! ¡Que no! ¡Qué ángel ni qué ángel! ¡Le digo que no hay ángel! –el viejo me metió un regaño y terminó diciendo que si de verdad quería alabar al Señor y escuchar su verdadera palabra, volviera para la misa de cinco.

Pensé, este avechucho está demente, pero como ya no aguantaba más me tocó pedirle:

–Perdone, padre. ¿No me permite usar su baño?

Se demoró pensando, tal vez en busca de un pretexto para negarse, pero después, haciéndose a un lado, me dejó pasar.

–Por el corredor del patio, al fondo –rezongó.

Entré. La vivienda consistía en una habitación despojada, con una puerta a la calle y otra al patio. No había nadie más allí. O mejor dicho: parecía que durante años no hubiera habido nadie más allí. Sólo unas flores plásticas entre un frasco, casi tapadas de polvo, podrían indicar la huella ya lejana de una mano femenina.

–Está empapada, niña, quítese el abrigo.

–No se preocupe, padre, así está bien.

–No, no está bien. Me está mojando el piso.

Pedí perdón, traté de secar el charco con un kleenex que encontré en el bolsillo, me quité la gabardina, la colgué de un clavo que me indicó en la pared.

Atravesé un patio interior de chiflones encontrados y mientras recorría un corredor con materas que no contenían matas, sino tierra reseca y colillas, pensé que las barbas hirsutas de ese cura debían rasguñar como papel de lija. Por un instante traté de imaginar cómo me defendería si intentaba tocarme.

Nunca un desconocido me había hecho daño físico, y sin embargo en mi cabeza rondaba a veces, paranoica, la prevención. Me dio rabia la irracionalidad de la cosa: que se me

ocurriera semejante disparate, cuando era obvio que el pobre
sólo tenía interés en que lo dejara tomar su sopa en paz.

Salvo un montoncito de calcetines a medio lavar en la tina,
el baño estaba bastante limpio. Pero no me senté en la taza,
según la costumbre que me inculcaron desde niña, porque a
las mujeres nos entrenan en la maroma de hacer pipí de pie si
estamos en casa ajena, sin rozar el excusado ni mojarnos los
calzones. La puerta no tenía cerrojo así que la tranqué con el
brazo extendido, por si alguien (¿pero quién, por Dios?) trataba de abrirla. Por eso digo que la psicología femenina es a
ratos retorcida: nos han creado la convicción de que todas las
cosas malas del mundo se mantienen al acecho, bregando a
colársenos por entre las piernas.

En el baño no había espejo: lo eché de menos, porque me
reconforta inspeccionar mi propia imagen en los espejos y
encontrar todo en orden. Había una repisa con un único objeto, un cepillo de dientes con las cerdas amarillas y floreadas
por el uso, que me conectó sin quererlo a la intimidad deso-
lada de ese hombre arisco que vivía allí.

Cuando regresé a la habitación, lo encontré sentado en el
catre y entregado con devoción a su sopa, con la cara tan
pegada al plato que el vapor le empañaba los lentes.

—Entonces no hay ángel —le hice el último intento al tema.

—El ángel, el ángel, dele con el ángel, y acaso no se les
ocurre pensar que sea un enviado de abajo, ¿ah? ¿Y si es
aquél que prefiero no nombrar el que está utilizando su argu-
cia para arrastrar a la multitud ignorante a su perdición? ¿No
se le ocurrió pensar?

—¿Usted cree que ese ángel es más bien un demonio?

—Ya se lo dije, ¡venga a la misa de cinco! Hoy es el día. Voy
a desenmascarar públicamente a los herejes de este barrio,
que son de la misma calaña de los de antes, de Dionisio el

24

seudo Aeropagita, de Adalberto el Ermitaño –la vehemencia
hacia temblar al sacerdote–, más pecadores aún, éstos de
Galilea, que Simón Mago, quien afirmó falsamente que el
mundo está hecho de la misma sustancia de los ángeles. ¡Que
se estremezcan ante el anatema estos apóstatas de hoy! Que
no jueguen con candela, ¿eh? ¡Porque se van a quemar! Pero
no me haga hablar más. ¡No, no más, que no quiero antici-
parme a los hechos! –aquí hizo una pausa para recuperar el
aliento y limpiarse la boca con un pañuelo–. Venga a la misa
de las cinco si quiere entender.

–Bueno, padre, allá estaré. Adiós y gracias por el baño.

–¡Ah, no! Ya que entró, no puede salir sin tomar un poco
de sopa. Porque está visto que el que come solo muere solo, y
yo no quiero morir solo. Ya tengo suficiente con haber vivido
sin compañía.

–No padre, no se moleste –traté de disuadirlo, sintiéndo-
me fatal por quitarle parte de su único deleite, y también por
tener que probar ese naufragio de zanahorias en caldo gris.
Pero no hubo caso: se acercó a la olla y me sirvió un plato
hasta los bordes, después sacó un paquete aplastado de Lucky
Strikes del bolsillo de su sotana y encendió uno en la llama
del fogón.

–¿Por qué vive tan solo, padre? ¿No lo acompañan sus
feligreses?

–No me quieren. Será porque llegué a estas lomas ya viejo y amargo, y no tuve arrestos para hacerme querer. Pero
no me haga hablar después de almuerzo, es nocivo para la
digestión y no ayuda a que los pensamientos salgan en orden.

En silencio, pues, yo comí y él fumó, si es que se puede
llamar silencio a la colección de ruidajos y chasquidos que
el viejo producía al saborear el humo de su chicote. Mi sopa
sabía menos mal de lo que pintaba, mi estómago le dio la

bienvenida al líquido caliente y yo agradecí la tosca generosidad de mi anfitrión. Éste se había quedado dormido, sentado en el catre, con el pucho encendido entre los dedos amarillos y el polígono de la cabeza descolgado en un ángulo imposible.

Le quité el Lucky, lo apagué en una de las materas, lavé su plato y el mío en el aguamanil del baño, dejé una nota que decía, "Dios se lo pague, a las cinco voy a su misa", y salí otra vez a la lluvia y al vendaval. Pero ya no me importaron, ahora estaba segura de que tenía historia para contar. Aún no sabía cuál, pero me habían picado las ganas de averiguar qué clase de criatura era el ángel de Galilea. Además, en la misa de cinco podía haber excomuniones, y hasta amenazas de muerte en la hoguera. No me la iba a perder por nada del mundo.

C aminé hasta una tienda que se llamaba La Estrella y entré. Pedí un café con leche, una mogolla y un bocadillo de guayaba.

La Estrella apretaba en treinta metros cuadrados todos los objetos indispensables para la supervivencia del barrio. Había bombillos, cortes de tela, manteca y juguetes de plástico, arroz, salchichón y esmalte de uñas, navajas, aspirinas, chancletas y porcelanas, todo prodigiosamente organizado y dispuesto en estanterías de madera que llegaban hasta el techo. Había además algunas mesas con bancos, y se servían cervezas y almuerzos, según aclaraba un letrero escrito a lápiz.

—¿Ustedes saben del ángel que se apareció por aquí?

Les pregunté al viejo y a la vieja que atendían detrás del mostrador. Ellos se miraron. Debían ser casados, pero eran tan iguales que parecían hermanos. O tal vez eran hermanos. Espantaban las moscas con gestos fastuosos de la mano, como obispos repartiendo bendiciones.

—Perdone la impertinencia —dijo el viejo, e inclinó mucho la cabeza, como si honestamente estuviera pidiendo perdón—. ¿Usted acaba de preguntarle eso mismo al padre Benito?

Me fijé que desde La Estrella podía verse la puerta de la casa cural. Me habían estado espiando, desde luego, pero era comprensible, no debían subir muchos extraños a Galilea.

—¿El párroco se llama Benito? —quise saber.

—El párroco se llama padre Benito —me corrigieron con amabilidad.

—Pues sí, señor, sí se lo pregunté.

—¿Y el padre Benito qué le dijo, si se puede saber? —el viejo tenía un acento muy cachaco.

—Que no había ninguno.

Volvieron a intercambiar entre ellos miradas entendidas, y dijo la vieja:

—No le haga caso, es un cura de derechas.

Yo pensé, esta anciana con jerga de maoísta debe saber mucha cosa, y la iba a interrogar, pero ella se me adelantó:

—¿Usted es periodista, señorita?

—Sí señora.

—Se le nota por la máquina de tomar fotografías. ¿Se puede saber de qué medio de comunicación?

—De la revista *Somos*. ¿Me da un poco de azúcar?

—La felicito —me dijo el viejo mientras me pasaba la azucarera—. Es una revista muy famosa. ¿Supongo que la señorita tiene su carné?

—¿El de periodista? —me sorprendió la pregunta—. Sí, sí lo tengo.

—¿Me lo prestaría un momento, si no le molesta?

Era inverosímil. En este país militarizado, los cabos, los tenientes, las patrullas exigen documentos a cada minuto, pero hasta ahora nunca me había tenido que identificar ante un vendedor de miscelánea. Sin embargo, calculé que nada malo podía venir de alguien que inclinara la cabeza con tanta educación, así que saqué mi carné profesional de la billetera y se lo entregué. Era, por supuesto, un acto irracional: el primero de una larga serie.

Los dos viejos inquisidores desaparecieron detrás del mostrador y oí que cuchicheaban. Después se asomó el señor a la puerta de la calle y llamó a gritos y chiflidos a Orlando, que llegó al rato a La Estrella y resultó ser un niño de diez años, tal vez mayor a juzgar por su mirada de profesional en la vida, tal vez menor a juzgar por lo flaquito y chirringo. Este tal Orlando tenía ojos de ternero, sólo iris negro y pestañas chuzudas, y le faltaba un diente, que quien sabe si todavía no había salido o si ya se había caído.

El viejo le entregó mi carné, la vieja le dio un pedazo de cartón para que se protegiera de la lluvia, y Orlando salió otra vez. Yo miré cómo se alejaba con mi única identificación, cómo se escurría por las esquinas con mi carné entre el bolsillo y con ese caminadito apretado y de paso menudo que adoptan los bogotanos cuando llueve y que nadie es capaz de igualar. El viejo debió verme la cara de desconcierto, porque me sirvió otro café y me dijo:

—No se preocupe, que es un muchacho muy responsable.

Yo no entendía nada de nada, pero era tranquilizador saber que Orlando era responsable. Mientras esperaba a que volviera, entró a la tienda una señora de botas de caucho y pidió dos aspirinas, cuatro clavos de acero y una docena de fósforos. Los viejos abrieron los respectivos frascos, contaron las unidades, las empacaron en tres paqueticos separados de papel marrón, y devolvieron los frascos a su lugar en las repisas. La señora pagó con unas monedas y se fue.

Orlando hizo honor a su reputación de niño responsable y al cuarto de hora volvió con mi carné, me lo entregó, y desde el centro de La Estrella anunció con voz heráldica:

—¡Dice la señora Crucifija que todo en orden, que bien pueda subir la Monita!

La Monita: ésa era yo. No falla, los pobres siempre me han llamado así. Es más, nunca me han preguntado mi nombre, no les interesa, y mi apellido menos. Para ellos siempre he sido, de entrada, la Monita, y ya. Es por mi pelo, esta maraña de pelo amarillo que desde niña uso largo, y que entre los ricos no se nota tanto, pero entre los pobres causa sensación. Exótico para estas tierras, mi pelo es —junto con veinte centímetros por encima de la estatura promedio— la herencia que recibí de mi abuelo el belga. Y eso que para trabajar me lo aprieto en una trenza, menos incómoda y aparatosa que la melena suelta. Así lo tenía ese día que subí por primera vez a Galilea. Pero no importó, nunca importa: el niño me llamó la Monita, y así me quedé hasta el final.

Orlando traía consigo una parranda de muchachitos de distintos tamaños, todos muy mojados.

—Bien pueda, ellos la llevan —me indicó el viejo, señalándolos—. ¿Cierto, mija?

—Así es —asintió la vieja—. Pierda cuidado, que ellos la llevan.

—Ah, bueno —dije, pero no pregunté a dónde, porque ya había entendido que la cosa tenía su burocracia y su misterio. Al ver que también los niños traían puestas botas Croydon de caucho, comprendí que era la moda que se imponía en los barrizales de Galilea, y le pregunté a los viejos si no me podían vender un par.

—¿Qué número usa la señorita?

—Cuarenta —contesté, sabiendo de antemano que no habría de ese tamaño. En efecto, el par más grande era un treinta y ocho, así que me resigné a los tenis que traía. Me puse la gabardina, le agradecí a la vieja el pedazo de cartón protector que me ofreció, y salí detrás de mis baquianos.

El aguacero había arreciado notablemente, el viento soplaba histérico y el suelo era puro barro. Pensé que si seguía lloviendo de esa manera toda Galilea iba a rodar hasta la Plaza de Bolívar, y antes de decidirme a hundir los zapatos entre el diluvio, hice una invocación nostálgica: ¡Quién pudiera estar en este momento bajo techo y preguntándote, oh miss Cauca, si la mascarilla de pepino es ideal para tu cutis!

Ya iba al trote bajo el aguacero con mi procesión de niños ensopados, cuando quise averiguarle a Orlando a dónde me llevaban. Él me contestó alzándose de cejas y hombros, como si fuera muy obvio:

—Pues a ver el ángel, ¿no?

—¿Se aparece a estas horas?

—Siempre está ahí.

—¡Ah! ¿Debe ser entonces una estatua, o una pintura?

Me miró con sus ojos redondos que no podían creer tanta estupidez.

—No es ninguna pintura, es un a-n-g-e-l —dijo pronunciando letra por letra, como si yo tuviera dificultades con el español—. Un ángel de carne y hueso.

No me lo esperaba. Imaginaba que si corría con suerte podría entrevistar a un testigo de sus milagros, o a algún fanático de su culto, o en el mejor de los casos hasta a un enfermo curado por él, y que podría fotografiar la piedra donde se paró, el nicho donde le prenden velas, el monte donde lo vieron por primera vez, y toda esa basura de rutina que satisfacía las exigencias del jefe de redacción porque permitía montar, en un par de horas, una historia traída de los pelos pero que justificara un titular de este estilo en la carátula: "¡En Colombia también hay ángeles!", y el subtítulo: "Casos verídicos de apariciones."

Pero no. Lo que Orlando me prometía era la visión del ángel, de cuerpo presente.

—¿Y dónde vive el ángel? —quise precisar.

—En la casa de su mamá.

—¿Tiene mamá?

—Como todo el mundo.

—Ah, pues sí. ¿Y la mamá es esa señora Crucifija que me autorizó a subir?

—No. La mamá se llama señora Ara.

Supuse que la siguiente pregunta también exasperaría a
mi guía, pero la hice de todos modos:

—¿Me puedes contar de qué ángel se trata?

—Ése es el problema, que todavía no sabemos.

—¿Cómo?

—No sabemos. Él no ha querido revelar su nombre —dijo
Orlando, y otro niño confirmó:

—Es cierto, no ha querido.

Llegamos hasta el pie de la última calle. Subía larga y ver-
tical, apretada entre dos hileras de casas chatas que se sostenían las unas en las otras, como si fueran de naipes. No se
veía gente, sólo el agua que bajaba brincando. En eso era una
calle igual a las demás. Pero más vistosa, porque el monte
verdísimo se le comía los tejados con sus ramas y sus musgos,
y porque estaba adornada por un zigzag colorinche de festones
de plástico, rezago no biodegradable de las fiestas de algún
santo patrón.

Orlando señaló hacia arriba:

—Ése es Barrio Bajo. El ángel vive allá, en la casa rosada…

—¿Cuál es Barrio Bajo?

—Esta calle.

—¿Y por qué la llaman así, si está más alta que las demás?

—Porque ahí viven los más pobres.

—Bueno, subamos.

Me agaché para arremangarme los bluyines, resignada a
hundirme hasta las pantorrillas en esa agua color chocolate
que arrastraba basuras a su paso.

—No, espere debajo de este alero —me dijo una nena de
saco rojo que venía en la comitiva, y como por arte de magia
desapareció en un instante junto con los demás niños, inclu-

yendo a Orlando. Me paré donde me ordenaron, pegando la espalda a la pared para esquivar los chorros que escurrían del tejado. Empezó a pasar el tiempo.

—¡Orlando! ¡Orlaaandoo! —mis gritos sin esperanza se apagaban recién nacidos, como velitas al viento.

Por el callejón sólo pasaban los minutos, y yo seguía esperando, parqueada en mi rincón, con el temor creciente de que los niños estuvieran escampando en sus casas, tomando tazas de leche caliente y por completo olvidados de mí. Ya me amilanaba esta situación sin futuro, cuando los vi regresar de a dos, de a tres, trayendo tablas en las manos.

Empezaron a revolar, y siguiendo indicaciones de Orlando, que dirigía la maniobra, fueron colocando las tablas transversalmente por el callejón hacia arriba, apoyando los extremos sobre piedras, y organizando una suerte de escalera de cinco o seis peldaños, por debajo de los cuales rodaba el agua. La niña del saco rojo me tomó de la mano y me hizo subir, de escalón en escalón. Los demás permanecían a la espera, y cada vez que yo apartaba el pie de una tabla, dejándola atrás, la quitaban inmediatamente para instalarla de nuevo más arriba, de primera, de tal manera que a medida que yo subía, el tramo de escalera se iba prolongando delante de mí.

Me sentí bendita como Jacob ascendiendo al cielo por la escala de ángeles. Esas criaturas sonrientes que se afanaban bajo el aguacero para que yo pasara con comodidad despertaron en mí un pálpito que habría de sobrevenirme, muy nítido a veces, durante los días que permanecí en Galilea: la intuición de que había entrado a un reino que no era de este mundo.

—Usted no es la primera periodista que viene —me aclaró Orlando.

—¿Han pasado muchos por aquí?

—Bastantes. Uno trajo cámaras de televisión. También gentes de otros barrios. De Loma Linda, de La Esmeralda... Desde Fontibón han viajado para ver...

—Será muy importante el ángel que tienen aquí.

—Así es. Es un ángel magnífico.

Me hizo gracia ese adjetivo, "magnífico", en boca del niño, y le pregunté si él también lo había visto.

—Lógico, todos lo hemos visto, porque él se deja ver.

—¿Y has hablado con él?

—No, eso no. No habla con nadie.

—¿Por qué no habla?

—Hablar sí habla, pero más que todo solo. Lo que pasa es que no le entendemos lo que dice.

—¿Por qué no?

—Por que no conocemos sus lenguas.

—¿Cuantas habla, acaso?

—Yo diría que veinte, o veinticinco. No sé.

—Me parece que el señor cura no cree en el ángel...

—Sí cree, pero dice que no. Lo que pasa es que le tiene celos.

—¿Celos del ángel? ¿Y por qué?

—Porque se ha vuelto un ángel muy popular. Y además le tiene miedo, sobre todo debe ser eso, que le tiene miedo.

—¿Miedo? ¿Cómo, miedo?

—Es que a veces es un ángel terrible.

La última frase me golpeó. Pero no pude preguntar nada más, habíamos llegado a la casa rosada y los niños se arremolinaban en algarabía. Era un rancho de pobres, de ésos que se quedan para siempre en obra negra y que sus habitantes terminan improvisadamente con maderas y cartones, tarros con flores, alambrado pirata para la luz eléctrica, radio a todo volumen y poderosa antena de televisión.

Orlando golpeó a la puerta, y a mí me invadió un desasosiego raro. ¿Qué clase de criatura me irían a mostrar? Cualquier engendro era posible. Respiré hondo, y traté de prepararme para lo que pudiera venir.

Adentro la casa estaba oscura y pesada de humaredas y sahumerios. Seis o siete mujeres que rezaban de rodillas me clavaron los ojos, como alfileres de vudú en una muñeca de trapo. Después parecieron desentenderse, ocupadas en sus oraciones, pero de tanto en tanto volvía a sentir el chuzón de su mirada averiguadora.

Orlando, el único de los niños que entró conmigo, me tiró del pantalón para que me arrodillara, y eso hice. Entonces me señaló a la mujer que llevaba la voz cantante, armada de una camándula. Esa señora, que era flaca hasta la angustia, iba vestida de negro y tenía una cara escalofriante en la que algo faltaba. De soslayo me la fui detallando: los ojos estaban en su lugar, y también la nariz, la boca, el mentón... En realidad lo único que le faltaba era expresión, pero eso era suficiente para hacerla inhumana, como quien dice ver a Nicki Lauda, el corredor de carros que se iba quemando vivo en un accidente.

—Es sor María Crucifija, la presidenta de la junta —me dijo pasito Orlando.

—¿De qué junta?

—De la junta que administra al ángel.

—¿Y la mamá del ángel?

—No está aquí.

—Y la de la capa azul —le pregunté por una señora chiquita envuelta en una capa inverosímil de terciopelo azul rey—, ¿también es de la junta?

—Sí, también. Se llama Marujita de Peláez.

—La capa que lleva, ¿es para ceremonias?

—No, es para cuando llueve.

—La giganta esa —le señalé con disimulo a una mujer corpulenta que rezaba con una entrega y una mansedumbre incompatibles con su tamaño–. ¿Quién es ésa?

–Ésa es Sweet Baby Killer, ex campeona de lucha libre, muy famosa aquí en Galilea. Suplente de la junta. Antes era atravesada, muy verrionda, sobre todo cuando le gritábamos Hombra, que es el apodo de ella. Pero desde que anda con lo del ángel se pacificó. Hasta se le puede decir Hombra y no revira. Y es que, ¿entiende? No todos pueden pronunciar Sweet Baby Killer.

Evidentemente Orlando sí podía. Es más, tenía un acento chicludo como el de Tom Hanks en *Forrest Gump*.

–Entiendo. ¿Hay hombres en la junta?

–Ni uno, sólo mujeres.

–¿Entonces la que manda es la monja?

–Cuál monja…

–Pues sor María Crucifija, ¿no?

–No es monja, es civil. Ella le va a decir a usted cuándo puede subir a verlo.

–¿Al ángel? ¿Dónde está?

–Se mantiene perdido por lo que llaman las Grutas de Bethel, en la montaña.

Gente nueva fue llegando, media docena de hombres y mujeres que se acomodaron dócilmente por los rincones sin estorbar, sin hacer bulto. Eran peregrinos, según me aclaró Orlando, y algunos traían ofrendas en la mano. Noté que la casa por dentro no se parecía al característico rancho de pobre, que en cinco metros cuadrados organiza armónicamente ocho niños, tres camas, dos mecedoras, un comedor con escaparate y seis sillas, nevera, mesitas, perros y pollos, taburetes, almanaques, ollas y porcelanas. Esta casa era distinta, más espaciosa, más vacía, y los objetos y las personas parecían flotar sueltos en su interior.

Corría el tiempo y yo esperaba que algo pasara, pero nada, sólo un Ave María tras otro. Sor María Crucifija los recitaba con trinos altos, los demás le hacíamos la segunda, y así iba el canturreo, que pintaba para eterno. Mis rodillas ya no aguantaban más penitencia.

—Orlando —pregunté—, ¿no podré hablar un minuto con la señora Crucifija?

—Está prohibido interrumpir.

—No quiero rezar más.

—De todas maneras hay que esperar a que pare de llover.

Pasaron otros cuatro misterios de rosario hasta que por fin escampó, y en la casa hubo ciertos movimientos indicativos de que había llegado el momento. Sor María Crucifija desapareció, luego volvió a aparecer y empezó a dar órdenes:

—¡Las mujeres con mantilla, los hombres descubiertos!

Con su carita de santa incinerada se nos iba acercando a cada uno, nos agarraba del brazo y nos colocaba en fila india cerca a la puerta. A veces no quedaba satisfecha con la posición de alguno y lo pasaba más adelante, o más atrás —sabe Dios con qué criterio, porque no era por orden de estatura— y así formados, como los enanos de Blanca Nieves, nos sacó a la calle. Yo miré descorazonada hacia la montaña, como si allá me esperara un encuentro indeseable.

—¿Usted también viene a conocer al ángel? —le pregunté al señor de sombrero que tenía detrás.

—Ya lo conozco, vengo a dejarle esta ofrenda por gratitud, porque salvó a mi nieta de la muerte segura —me dijo, y me mostró una gallina amarrada por las patas que me pareció más despistada que yo.

Quise asegurarme la reconfortante compañía de Orlando, pero sor María Crucifija anunció que el niño no podía subir, porque no se admitían menores los lunes ni los jueves. Pregunté por qué, pero la señora estaba ahí para dar órdenes y no explicaciones.

Se presentaron luego otros inconvenientes logísticos que fue necesario superar, como que yo no tenía mantilla. Habían dicho que los hombres descubiertos, y mi vecino llevaba sombrero, así que se lo pedí prestado y me lo puse. Pero aún no estaba lista.

—Usted no puede entrar de pantalones —me dijo la Crucifija. Mi gabardina era una trinchera larga, de botones hasta abajo y cinturón, así que la cerré bien, y ahí mismo me quité los bluyines.

—Ahora estoy de faldas —dije.

—Pero la cámara no la puede llevar.

—Necesito tomar aunque sea una foto...

—No es posible. Él se asusta con el flash.

Expliqué, supliqué, pero no sirvió de nada: tuve que entregarle la cámara a Marujita de Peláez, la señora de la capa azul. Eso era una calamidad para mí. Se estaba haciendo tarde y aún no tenía historia, no había visto nada concreto que fuera de interés para *Somos*, y ahora ni siquiera habría fotos. El artículo podía decir hasta misa cantada, que si no tenía fotos mi jefe lo rechazaría.

Arrancamos por fin, pero no avanzamos ni veinte pasos porque surgió otro obstáculo, el más insólito de todos.

Frenando la fila, sor Crucifija me aplicó otra vez la garra al brazo, me llevó aparte y me soltó la siguiente pregunta:

—¿Me puede decir si está con la visita?

—¿Con la visita? ¿Con qué visita?

—Quiero decir si está con la menstruación...

Imaginé que se trataría de alguna creencia atávica, como

que en presencia de la sangre menstrual se pone amargo el vino y se corroe el hierro, y quién sabe qué le sucede a los ángeles, así que temí que me fuera a impedir la entrada a la gruta.

—No, señora, estoy limpia —le contesté la verdad, en un lenguaje que me pareció a tono con su pregunta.

—¿Me puede decir exactamente hace cuánto le vino la última menstruación?

Era el colmo. La tal Crucifija ya no sólo hablaba como misógino bíblico sino además como ginecólogo en chequeo semestral, y estuve a punto de mandarla al infierno, a ella, al ángel y de paso a *Somos*. Pero me contuve. ¿Qué perdía con contestar? De ninguna manera recordaba bien la fecha —nunca le he llevado la contabilidad a mis menstruaciones— así que le dije cualquier cosa:

—Hace quince días exactos.

Supongo que acerté con la respuesta, porque me dejó volver a la fila con los demás, y empezamos a meternos en la montaña por una trocha amarilla abierta entre el retamo mojado y las acacias mimosas.

—Estas pepitas son muy venenosas, no se las vaya a comer —me aconsejó mi vecino, señalándome unas verdes que abundaban por ahí.

Yo en ningún momento había pensado comérmelas, pero en todo caso agradecí la advertencia.

No caminamos mucho, apenas diez minutos, y llegamos a un hueco en la roca tapado a medias por una piedra grande. Estábamos en la boca de las grutas.

Se me había ido el entusiasmo de un par de horas antes y ahora sentía hastío, resistencia a entrar, como si el ángel me hubiera decepcionado de antemano, tan segura estaba de que se trataba de una patraña montada por algún vivo, o peor aún, una patraña montada por gente honesta. Mientras esperábamos me crecía adentro el rechazo. ¿A quién tendrían encerrado allí? ¿A un hermafrodita? ¿A un leproso? ¿Al hombre-elefante o a Kaspar Hauser? ¿A qué pobre víctima de la superstición y la ignorancia?

Sor María Crucifija volvió a hacer advertencias, esta vez para todo el grupo:

—Ahora van a entrar en las Grutas de Bethel, la morada del ángel. Los zapatos se los tienen que quitar, y dejarlos a la entrada, porque van a pisar Tierra Santa. Cuando estén adentro deben cantar el trisagio, o himno seráfico, que es el único lenguaje que entiende un ángel. No digan nada distinto, porque los demás sonidos humanos le fastidian. Por si no lo saben, el trisagio dice así: Santo, santo, santo. Santo es el Señor.

—Santo, santo, santo. Santo es el Señor...

—Los que traen animales deben dejarlos aquí. Lo mismo cualquier ofrenda o regalo. Al ángel no deben darle comida, ni asustarlo con gritos, ni tratar de tocarlo. Que nadie se quede atrás, porque se pierde, y todos deben salir de las grutas al tiempo con el resto del grupo.

Crucifija decía de memoria su retahíla de indicaciones, como una azafata que empezando el vuelo enumera las medidas de seguridad. Yo cerré los ojos para no ver cómo mi vecino le torcía el pescuezo a su gallina antes de dejarla, pero no lo hizo, sino que la puso viva donde le dijeron, al lado de una bolsa plástica con unos higos.

Con un envión de su hombro poderoso, Sweet Baby Killer corrió la piedra que bloqueaba el acceso. Cuando me llegó el turno en la fila me agaché para entrar por el hueco, y me golpeó la nariz un olor desapacible a humedad. A centro de la tierra, pensé, y también, quizá por sugestión: olor a eternidad. ¿O a tumba? Sí, tal vez olía más bien a tumba.

El espacio adentro se iba haciendo más oscuro y menos estrecho, a cada paso enderezábamos un poco la espalda. Íbamos siguiendo a sor Crucifija, quien llevaba en la mano una linterna de pilas debilitadas. Santo, santo, santo, penetramos en las tinieblas, sosteniéndonos los unos de los otros porque no veíamos casi nada, santo es el Señor, y las plantas de los pies resentían la greda del piso, resbaladiza y helada.

Caminábamos midiendo cada paso, como si delante se abriera un precipicio. El techo de la caverna se hizo alto, hasta que no pudimos tocarlo con la mano. Sentí viento en la cara y tuve la sensación de haber llegado a un espacio grande y vacío. Todo era terriblemente absurdo, santo, santo, santo, yo parada en las entrañas del planeta, de gabardina y descalza, con el sombrero de un extraño en la cabeza, repitiendo la palabra santo y temblando, no sé si de frío, de emoción o de miedo.

—Hay que aguardar aquí —ordenó Crucifija, mientras el foco anémico de su linterna bailaba errático y nos mostraba retazos de la concavidad de piedra.

No es agradable esperar en la oscuridad a que aparezca un desconocido, y menos si se supone que tiene alas y puede llegar revoloteando. Nuestro grupo, nervioso, se hizo más compacto y cantó más alto el trisagio, única vía de enlace con lo sobrenatural. Empecé a dudar si el soplo que sentía era en realidad viento, o más bien murciélagos que volaban rozando. ¿Correrían ratas por el suelo? Imposible calcular el paso del tiempo, todo estaba detenido, el mundo real había quedado al otro lado, la claustrofobia —¿o era ansiedad?— me apretaba la garganta.

De cuando en cuando alguno tosía, y le contestaba el eco, santo, santo, santo. Santo es el Señor...

Escuchaba sonidos: un como crepitar de fuego, o correr de aguas subterráneas. O tal vez era sólo el rumor de la oscuridad retinta. De pronto mi vecino me susurró al oído:

—Lo siento cerca...

—¿Al ángel? —mi voz también era un suspiro.

—Sí.

—¿Cómo sabe?

—¿No se da cuenta? ¿No siente que el aire se llenó de su presencia?

Yo sólo sentía mayor opresión en la garganta, y veía a Crucifija haciendo una maniobra rara, que consistía en reflejar el foco de su linterna en el espejito de una polvera para lanzar algo así como rápidas señales intermitentes de luz. De todas maneras contesté que sí, que sí me daba cuenta, y tal vez no estaba mintiendo. Entonces lo vi.

Sin producir ruido que lo anunciara, había salido de no sé dónde y se acercaba a nosotros un muchacho. Muy alto. Estaba casi desnudo, y era moreno. Y aterradoramente hermoso. Eso era todo. Y era demasiado. El corazón me pegó un golpe en el pecho y después se paralizó, sobrecogido ante la visión. No era sino un muchacho, y sin embargo tuve la certeza de que era además otra cosa, una criatura de otra esfera de la realidad.

Se movía con la ondulación lenta y sosegada de los seres acuáticos, o de los mimos, y su actitud era a la vez humilde y majestuosa, como la de un ciervo. Permaneció delante nuestro sólo unos segundos, sin pronunciar sonido, sin hacer contacto y sin huir, como si no se percatara de que estábamos allí. No podíamos desprender de él nuestros ojos, y él en cambio nos miró a través, nos observó sin vernos, y yo comprendí la razón: en medio de la gruta oscura nosotros nos borrábamos, invisibles, manchas negras contra fondo negro, mientras él ardía a fuego lento, resplandeciendo en una luz incandescente que parecía brotarle de la piel.

A la salida de la gruta me esperaba Orlando con la noticia de que doña Ara, la mamá del ángel, quería mostrarme sus cuadernos.

–¿Cuáles cuadernos?

–Ya los va a ver.

Empecé a bajar con Orlando hacia la casa rosada, aunque hubiera preferido estar sola un momento, y aclarar en mi cabeza las cosas. El Ángel de Galilea me había perturbado.

Era la criatura más inquietante que había visto jamás. Todo era inexplicable en ese muchacho, el misterio que lo rodeaba, su serenidad sobrecogedora, su presencia luminosa. Y su belleza... su belleza de verdad irresistible. Digámoslo de una vez: su belleza sobrenatural.

Por otro lado todo era atroz en su historia. ¿Qué hacía semejante ser encerrado a oscuras entre una cueva, desnudo en ese frío penetrante, por disposición de una loca como Crucifija? Mi primer impulso fue buscar un teléfono y llamar a pedir ayuda, no sé a quién, a un médico, a alguien de los derechos humanos, a la policía... No, ante todo a la policía no, seguro montaba un operativo de rescate que acababa en la muerte del ángel.

¿O sería que el propio muchacho también era cómplice del montaje? ¿Que se sometía voluntariamente al espectáculo? Pero no se veía a cambio de qué. De dinero no parecía ser, al menos hasta el momento yo no había visto que cobraran plata, salvo las ofrendas voluntarias, pero nadie se iba a prestar a semejante circo a cambio de una gallina vieja y una bolsa de higos. Tal vez el muchacho estaba honestamente convencido de que era un ángel.

O tal vez era un ángel... ¿Por qué no? Después de verlo, uno se sentía inclinado a admitir la posibilidad.

Oía los cuchicheos de mis compañeros de visita, que venían decepcionados, y me sorprendió enterarme de las razones por las cuales no compartían mi excitación.

—Me parece que usted no salió de la gruta muy convencido —le dije al señor que me había prestado el sombrero.

—Esta vez nos falló el ángel —me dijo con resignación.

—¿Por qué, si se apareció, y estaba esplendoroso?

—Sí, pero no hizo nada.

Creí comprender su comentario. Para que un hombre se entusiasme es necesario que pasen cosas, mientras que a una mujer le basta con que las cosas sean.

Orlando me arrastraba de la mano, y yo me dejaba llevar. Al llegar a la casa rosada me metió a un cuarto pequeño donde una mujer echaba carbones a la estufa, dejando que la lumbre iluminara su cara hermosa. Noté que apenas tendría mi edad, y adiviné en ella las mismas facciones del ángel. Era su madre, de eso no cabía duda: no conozco dos seres más parecidos.

Sobre una mesa había un cuaderno Norma cuadriculado, abierto, garrapateado renglón por renglón en una letra compacta, cada palabra rematada caprichosamente hacia arriba con colita de ratón.

—Anoto lo que él me dicta —me dijo Ara, pasando con suavidad las páginas del cuaderno—. Éste es el libro número 53. Ahí guardo los otros cincuenta y dos —me señaló un baúl de lata cerrado con candado.

—Vea, Monita, son cincuenta y dos cuadernos, cincuenta y tres con éste —aportó Orlando, pero doña Ara siguió hablando sin oírlo.

—Llevo nueve años anotando. Mi hijo empezó a dictarme desde antes de volver.

Sin que yo se lo pidiera, ella me explicó. Había perdido a

su hijo recién nacido y lo había recuperado sólo dos años atrás, diecisiete años después. Yo no le preguntaba nada, ella sola iba contando, con una urgencia dolorosa de repasar la historia por milésima vez, como un perro que se lame la herida que nunca sana.

"El padre de mi hijo fue sólo una sombra", me dijo. "Salió una noche de la oscuridad, sin cara ni nombre, me tumbó al suelo y después se volvió humo. Alcancé a saber que tenía una sortija en la mano derecha y que la ropa le olía a alcanfor.

"No me tuvo mucho tiempo, sólo el necesario para hacerme un hijo. Yo acababa de cumplir trece, y el padre mío me tenía arreglado matrimonio con un hombre rico, ya mayor, que era dueño de un camión. Por eso al padre mío la noticia no le gustó nada.

"Primero quiso que no tuviera el niño, y me llevó donde una mujer que me dio de beber aguas amargas y me chuzó por dentro con agujas de tejer. Vomité y después solté sangre de las entrañas pero mi niño no quiso salir, y siguió creciendo sin hacerle caso a la ira tremenda y a las malas amenazas que profería el padre mío.

"El niño que crecía y empezaba a notarse y el padre mío que cabalgaba en cólera, convertido en tigre. Hasta que un día sin decir palabra me llevó al campo, y allá me dejó escondida para que no me viera el prometido. A él quién sabe qué le dijo, que yo estaba enferma, tal vez, o que sólo el día del matrimonio me llevaría con él.

"Cuando mi niño nació casi no pude verlo, tampoco. Así como no vi al padre, muy poco también vi al hijo. Enseguida me lo quitaron pero me alcancé a percatar de su demasiada hermosura, del lustre luminoso de su piel. También vi que miraba profundo, hasta el fondo del alma podía ver, porque los ojos los tuvo bien abiertos desde el principio.

"Quise saber si olía a alcanfor porque me parecía que habría quedado impregnado, como su progenitor. Pero sólo me olió a mí misma, a mi propia sangre y a mi mismo olor.

"Me lo quitaron enseguida, pero antes alcancé a ponerle al cuello una medallita de oro de la Virgen del Viento, la que toda la vida había llevado yo. Después del parto yo a mi niño no lo volví a ver, todos los días y a todas horas preguntando por él, hasta que fue mi madre, compadecida, la que me hizo la confesión.

"Dijo que el padre mío se lo había vendido a unos gitanos que pasaron con el circo, y que así empezaron los días de su vida, sin regazo materno, corriendo el mundo y conociendo sus durezas. Como yo lloraba tanto, mi madre me consolaba y me decía 'para ya de lamentarte, que si no, no te puedes casar'.

"Entonces yo más lloraba porque a mí no me gustaba el prometido, yo sólo quería a mi niño y soñaba con una gitana buena que le diera de chupar su dedo untado en azúcar y no dejara que lo asustaran las fieras del circo.

"Me secaron la leche del pecho y ya se llegó la hora de entregarme a ese señor. Pero el daño estaba hecho y él, aunque viejo, se iba a dar cuenta, porque yo ya había perdido la virginidad. Que se quería casar con una virgen que no conociera pecado, ésa había sido su condición. Así que el padre mío me volvió a llevar donde la misma mujer, y ella en media hora me obró el milagro de dejarme virgen aunque madre.

"El remiendo me lo hizo con telaraña y clara de huevo, y de su casa salí otra vez sin estrenar. Me vistieron con tul blanco y subí al altar con el emplasto entre las piernas. Pero el viejo no era bobo, apenas me llevó a la cama descubrió la patraña y esa misma noche me devolvió.

"'Que se quede a vestir santos', dijo el padre mío, resignado a medias a ya no ser suegro de un hombre rico. Mi madre le echó las cosas en cara, se atrevió a decirle 'por lo menos nos hubiéramos quedado con la criatura, tú la vendiste cegado por los destellos de un camión'. Descreídos de mi futuro, mis padres me llevaron donde el señor cura de entonces, me entregaron a él para que le hiciera los oficios de la casa y de la iglesia. Ese señor cura era muy anciano y de él no tengo queja, se portó bien conmigo hasta el día en que murió, me enseñó a leer las escrituras y a cantar los salmos y me dejaba salir más temprano aunque sabía que el capricho mío era alejarme del barrio para irme a rodar por la ciudad, buscando al hijo.

"Frente a todo niño mendigo me paré, traté de reconocerlo sin dejarme engañar por las veleidades de mis ojos, porque podía haber cambiado de aspecto, sino guiándome por la certeza de la nariz. Los olfateaba como sabueso, segura de que al mío lo reconocería por el olor. Busqué en los orfelinatos, en las carpas, en los mercados, cada día me alejé un poco más, hasta llegar a los bordes donde la ciudad se deshace en miseria. Cada noche vagué hasta más tarde, reconocí a los niños que venden su cuerpo y a los que amanecen en la acera, tapados con periódicos. Vi niños deformes, niños quemados, otros con cara de adultos. Vi trabajar a los niños payasos, a los lustrabotas, los gamines. Vi niños que tiran carritos, que venden ringletes, que vocean diarios, que cantan rancheras a la salida del cine. A todos los olí, y en ninguno reconocí mi olor.

"Quién iba a creer los designios del destino, cuando por fin lo encontré, diecisiete años después de su nacimiento, estaba yo parada en la puerta de mi propia casa. Ni un solo día había dejado de buscarlo, salvo ése, que me agarró cansada y abatida, y me recosté a tomar aliento contra el quicio de la puerta. Ahí estaba yo cuando llegó hasta mí, caminando despacio, ya muchacho, con sombra de barba sobre su cara de niño, los mismos ojos miradores de almas que abrió el primer día. La hermosura la traía intacta, más aún, acrecentada, hasta el punto de que era imposible verlo sin desfallecer.

"Llevaba puesta una dulzura inundadora y mansa, como lago muy extenso y de aguas quietas. Pero era silencioso. No habló en ese momento y no habló nunca después. Salían palabras de su boca pero no conformaban lenguaje, eran no más un arrullo, un murmurar de letanías, aprendidas tal vez en otras tierras. Por eso no pudo contarme dónde había estado ni qué cosas había visto, cómo sobrevivió ni cómo me encontró.

"Pero era él, lo supe por el olor, y él también supo sin lugar a dudas que yo era yo, que ya estaba a mi lado y que por fin había llegado donde tenía que llegar.

"No lamenté que no hablara, su silencio era tan hondo y su presencia tan clara, que entendí que las palabras sobran y que las penas de ausencia tan larga era mejor no contarlas. Así fueron las cosas y así tenían que ser. Y él compensó mi paciencia y con el tiempo me dejó saber.

"Había querido suceder que durante los siete años anteriores a su aparición, todas las noches, sin faltar una, yo entrara en trance, o también a veces por la mañana, o aun en la tarde, porque el rayo me fulminaba la cabeza sin respetar la hora ni el oficio, el sueño ni el descanso, y yo tenía que agarrar el cuaderno y empezar a escribir.

"Las palabras que me salían de la mano eran voces de ángel, así lo reconoció sor María Crucifija desde la primera vez que las leyó. No un ángel sino muchos: a cada rapto uno de distinta identidad. Y así fui acumulando cuadernos, siempre sin saber en realidad quién me los dictaba.

"Al regreso de mi hijo el ajetreo de los dictados no se interrumpió, antes por el contrario, prosiguió con tantos bríos que empecé a perder peso y a agotarme en tan frenético escribir.

"Lo demás fue un simple atar de cabos, sumar dos más dos y comprender que sencillamente daban cuatro. Esta revelación me la hizo sor María Crucifija, porque fue ella quien primero lo entendió: Las palabras que mi hijo no decía por su propia boca, las revelaba a través de mi mano. El ángel de mis escritos era él."

*A*yer todavía no era y mañana ya no seré, sólo durante este instante infinito soy el ángel Orifiel, Trono de Dios, asiento móvil del Padre, y es mi dicha perenne sostener el peso de sus potentes y extensísimas nalgas. Me llaman Trono porque en mí la majestad de Dios se sienta con suma tranquilidad y con extrema paz. Me llaman Rueda y me llaman Carro, porque en mí se transporta Yahvé.

Ni admito materia ni tolero forma, soy impacto puro, explosión de energía, arrebato cegador de luz. No tengo cuerpo pero tengo cientos de pies: veloces cascos de becerro, brillantes como bronce bruñido, centelleantes como el hierro al ser golpeado contra el yunque. Soy fuego y mi llama está viva, soy carro y devoro el espacio, soy rayo y retumbo en las crestas del tiempo. Empujo estrellas de abismo en abismo y cargo en vilo al divino jinete en sus desplazamientos por las esferas celestes. Es Dios en persona quien sobre mi lomo galopa, hunde sus espuelas en mis ijares mansos, deja a su paso chorros incandescentes de mi sangre ambarina, mi sangre obediente a sus santos caprichos.

Mi cabeza es una sola y tiene cuatro rostros, uno mira al norte, otro al sur, el tercero a oriente, el cuarto a poniente, y cada uno de ellos camina hacia adelante. Cuatro pares de ojos y sólo veo a Dios, cuatro narices para oler su esencia, ocho oídos para escuchar sus ecos, cuatro bocas que sólo alaban su nombre sin reposo ni desmayo, de noche y de día hasta la fatiga eterna: ¡Santo, santo, santo!

Santo es el Señor. Tan contundente es su presencia, tan absorbente el océano de su amor, que aturde, devora, destroza, aniquila con su excesivo despliegue de luz. ¡Demasiada luz! Empalidece y desaparece todo lo demás. Ante mis ojos encandilados por Él, el mundo de los hombres apenas espejea detrás de cortinas de vidrio líquido.

La palabra Dios me queda grande. ¿Quién soy yo, Orifiel, para pronunciarla? Soy nada disuelta en la nada, perro devoto, sirviente atónito que se postra en tierra sobre sus cuatro rostros.

A todas sus glorias y paraísos, a todas sus gracias y refulgencias me ha dado acceso el Creador, salvo una, fundamental: mi ciencia no alcanza para descifrarlo a Él. Tan lejos está su arcano de mi comprensión, que las pretensiones de captarlo me hundirían sin remedio en el pecado de la vanidad. Me basta y sobra con ver sus reflejos, con soportar sobre mí su peso monumental, con oír de su boca las órdenes que cumplo solícito antes de que Él alcance a contar hasta dos: ¡Coge con tu mano brasas de fuego, Orifiel, y arrójalas sobre aquella ciudad!, o bien, ¡Te llamarás Merkabah, Orifiel, y yo montaré en tu carro! O si no: ¡Tráeme un trozo de pan, Orifiel, que me dio la gana tener hambre! (Según sople su veleidad de gran creador de mundos e inventor de nombres, hoy me llama Orifiel, mañana Merkabah, ayer Metatrón, o cualquier otro de mis setenta y seis apodos.)

Unidad no poseo, ni tampoco identidad: no soy uno, soy legión, soy y somos más de mil, una rueda dentro de la otra, y dentro de ésa, otra, y ésa dentro de otra, hasta contar las diez huestes que conforman el ejército concéntrico de las Ruedas y los Tronos. Que no traten de atajarnos, porque somos inasibles. Ardemos de fiebre en la espiral vertiginosa de la multiplicidad, y de nuestras manos salen columnas de humo.

Tan inmensos somos que abarcamos galaxias, y a la vez tan ínfimos que cabemos en la cabeza de un solo alfiler. ¡Qué sobrecogedora, qué atroz, es la cantidad inimaginable de ángeles que cabemos en la cabeza de un alfiler!

Nos llamamos Orifiel, Trono de Dios, reposo de sus intensas fatigas. Nos llamamos Orifiel, Rueda de Dios, vehículo de sus interminables viajes. Nos llamamos Orifiel y somos benditos entre todos los ángeles, porque sólo a nosotros es dado asfixiarnos de dicha bajo las nalgas rosadas de Dios.

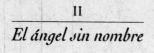

II

El ángel sin nombre

Doña Ara, joven madona de los dolores, se había ido después de prometerme que esa noche me abriría el baúl. Yo quedé conmovida con su historia, y dudando cuál era más fascinante como personaje, si el ángel o su madre.

Ojeé por encima el cuaderno que me dejó, y le tomé varias fotos. Sólo alcancé a leer completas las páginas de ese día, dictadas unas horas antes por un ser celestial que decía llamarse Orifiel, y que se catalogaba a sí mismo como trono, o rueda.

La lectura me desconcertó por completo. ¿De dónde saldrían, en realidad de verdad, estos cuadernos increíbles, demasiado simples para ser dictados por un ángel, pero absolutamente improbables para ser escritos por gente pobre de barrio analfabeta? Repasé una y otra vez cada renglón del texto, perpleja, hipnotizada por esa criatura alada que a través de un Norma cuadriculado de cincuenta páginas confesaba cargar ni más ni menos que a Dios sobre su lomo.

¿Quién habría escrito de verdad aquello? Si la autora era Ara, había que admitir una de tres posibilidades, o recibía la inspiración de otro ser u otro lado, o poseía una personalidad más compleja de la que cabía suponer, o simplemente copiaba la cosa de alguna parte. Aunque, por supuesto, la hipótesis más seductora era la planteada por ella misma, según la cual se trataría de la voz secreta de su hijo, el ángel, que ella captaba mediante alguna suerte de telepatía, y transcribía. Era la hipótesis más seductora, pero la menos convincente, si se tiene en cuenta lo delirante que resulta que un muchacho que no habla el español dicte fragmentos que no sería capaz de producir yo, que soy periodista y vivo del oficio. Fueran lo que fueran, de procedencia humana o divina, originales o apócrifos, estos cuadernos significaban una revelación y un auténtico misterio.

Orlando atisbaba las páginas por encima de mi hombro.

—Mira que sí sabe su nombre —le dije, señalándole un renglón del último texto—. Aquí dice que está hablando el ángel Orifiel...

—Eso dice hoy, pero mañana dice otra cosa.

Hubiera dado un dedo de la mano a cambio de seguir leyendo, me apasionaba sobremanera aquello, y además me encontraba a gusto al calor bienhechor de la estufa. Alguien, en un gesto de acogida, había puesto mis bluyines y mis tenis a secar al fuego. Pero tenía que interrumpir la lectura y salir otra vez al frío, porque se acercaban las cinco de la tarde y debía estar presente en la misa del padre Benito.

Afuera seguía lloviendo y el lodazal espesaba. Aunque Orlando y yo rodamos, más que bajamos, hasta la iglesia, llegamos tarde y aterrizamos sobre el final del sermón. Adentro la multitud de ruana se apiñaba despidiendo olor a animal mojado. Al fondo, clavado en su cruz, padecía un Cristo enorme, espantosamente aporreado y sangrante.

Al padre Benito yo no alcanzaba a verlo, pero escuchaba demasiado fuerte su ira santa que retumbaba, distorsionada, a través de los parlantes:

—...Esa mujer, que se atreve a decirnos que tuvo un sueño cuando estaba embarazada. Esa mujer soñó, según dice, que paría un ternero, y así supo que su hijo sería bendito. ¡Blasfemia! ¡Esto huele a blasfemia! Yo les pregunto: ¿No es demasiado parecido el ternero al cordero? ¿Y quién es el cordero? ¡Pues ni más ni menos que Jesús! ¡Digo que aquí, en esta parroquia, hay quien intenta suplantar a Jesús!

Después del argumento del ternero, que me imagine iría contra doña Ara, citó fragmentos de uno de los dictados del

58

ángel, uno auténtico, doy fe, porque era justamente el que yo acababa de leer en casa de ella. La labor de inteligencia del cura sobre sus enemigos, los seguidores del ángel, era sin duda rápida y eficaz. Más que nada, al padre Benito lo había impactado la mención a las nalgas de Dios:

—¡Boca inmunda de demonio, ésa que profana la dignidad divina! —vibraban los parlantes viejos, añadiéndole a las palabras dramáticos efectos electrónicos—. ¡Sólo la bestia libidinosa se atreve a mencionar las inmaculadas intimidades del Castísimo!

Resolví sacarle fotos al padre Benito, quien a todas luces se perfilaba como el malo de mi reportaje. (Imaginé el pie de foto que pondría mi jefe: "¡Inquisición desde el púlpito!"). Me adelanté hasta el altar y empecé a trabajar, buscando captar las muecas más elocuentes de mi sujeto, que las hacía muchas, y resaltadas por el hecho de que espetaba su sermón echando humo, con el pucho de Lucky Strike colgándole del labio inferior.

Creo que el error estuvo en apartarme de la concurrencia y pisar las gradas del altar, o en acercarme demasiado a éste, o en no arrodillarme cuando había que hacerlo, en cualquier caso en actuar de manera que debió parecer irrespetuosa con el culto.

Lo que sucedió fue que de ahí en adelante el sacerdote dejó caer sobre mí su catarata de imprecaciones, sin mencionarme, pero mirándome fieramente como si yo tuviera la culpa de algo, y señalándome con el dedo, sobre todo cuando decía: el mundo moderno, las perversiones del mundo moderno. Una vez dijo: el demonio, el mundo y la carne, y me apuntó con el índice tres veces, una por cada palabra.

Me fijé en un señor que no me quitaba los ojos de encima. Era desconocido para mí, y sin embargo había auténtica furia en su cara: sentí nítido su odio contra mí, contra el ángel que consideraba impostor, contra los forasteros, contra las mujeres provocadoras, contra los que se burlaban de su Dios. Hasta ese momento mi aventura en el barrio Galilea había sido sorprendente, y básicamente divertida. Pero la expresión de ese hombre me hizo comprender que nadaba en mar de fondo. Este asunto del ángel tocaba fibras muy sensibles. Observé la multitud a mi alrededor y la vi sombría, tensa de fanatismo religioso.

Como me sentía incómoda, y a la vez avergonzada de haber molestado, me refundí en la penumbra de una nave lateral y me escabullí antes de que terminara la misa. Al salir de la iglesia oí por los parlantes el último bramido del cura:

—¡Que revele el falso ángel su verdadero nombre, para que sepamos a qué atenernos!

Invité a Orlando a comer a La Estrella, que era territorio aliado. Casi no reconozco la tienda en su aspecto nocturno, con luces rojas y aire rancio, hombres taciturnos tomando cerveza, botellas amontonadas sobre las mesas y un trío de tiple, guitarra y maracas que entonaba un pasillo espantosamente triste. Orlando y yo devorábamos unas empanadas de papa rociadas con ají, cuando alguien anunció:

—¡Están llegando los del Paraíso!

—Son los peregrinos del barrio El Paraíso, que vienen a visitar al ángel —me explicó Orlando, mientras se metía al bolsillo lo que le quedaba de empanada, se bajaba de un sorbo la gaseosa y salía corriendo.

—¿Vende pantalones de hombre? —le pregunté al pomposo dueño de la tienda, quien, haciendo más venias que un japonés, y consultando cada paso con la señora, me mostró unos de dril, de varias tallas. Escogí la que me pareció apropiada, y también una camisa, una linterna con pilas y unas

naranjas dulces. Pagué todo, y cuando salí a la calle, Orlando
se había refundido entre el gentío.

Los del Paraíso eran cientos, hombres, mujeres y niños
bajo la lluvia que ya amainaba. Venían a pie, en jeeps repletos
y en burros, y hasta una parihuela con paralítico traían, y
camillas con enfermos. Una auténtica corte de los milagros,
arropada con la pobreza deforme y sin atenuantes de la tierra
fría. No era fácil sumarse a ella, y al mismo tiempo me gustaba estar allí: siempre he sentido que la vida vibra más donde
es más dura.

Los recién llegados se fueron congregando en la calle,
enfrente a la iglesia, y a su vez los que salían de la misa se
agolpaban en el atrio, y ahí iban quedando, frente a frente, las
dos huestes enemigas, la del párroco acá y la del ángel allá, en
guerra fría de miradas agrias y en contradicción de himnos.
Los de la iglesia entonaban uno muy emotivo que yo me sabía
del colegio, "cuando triste / llorando te llame / tu mano derrame / feliz bendición", mientras los de la plaza recibían la
llovizna encima y machacaban la cantilena seráfica, "santo,
santo, santo, santo es el Señor". Subí las escalinatas del atrio
para ubicar a Orlando desde lo alto, y sin saber a qué horas
me fui sumando al mejor canto, el de "tu mano derrame", que
me llevó arrullada hasta la luz violeta que se filtraba por los
vitrales de la capilla de mi escuela primaria. Estaba
rememorando con envidia a Ana Carlina Gamo, preferida de
las monjas por ser la única niña del coro capaz de hacer el
solo en el Ave María de Schubert, cuando sentí un tirón en la
gabardina.

—¡Vamos, Monita!

Era Orlando, que me apartaba del bando enemigo y
me llevaba donde los nuestros, quienes se habían dado a
encender antorchas aprovechando que ya casi no llovía. Y

en el momento en que moría la tarde arrancó a subir loma la procesión, conmigo y Orlando entre la vanguardia. Los del párroco se quedaron abajo, y se fueron dispersando. Pobres como eran, despreciaban a los de Barrio Bajo y demás fanáticos del ángel, por considerarlos aún más pobres.

Fuimos entre los primeros en llegar frente a la casa de doña Ara. Se había diluido el olor acre de la lluvia, e impregnaba el aire el vaho aromático de los eucaliptos recién lavados. Volteé a mirar hacia atrás y contemplé el prodigio: una noche intensa había despejado el cielo con su negrura afilada, abriendo a mis pies el panorama sobrecogedor de los cuatro horizontes.

Supe que contemplaba el mundo desde su cumbre más alta. Al fondo, muy abajo, se extendía, en un océano inmenso de puntos titilantes, el plano completo de las luces de la ciudad, de todas sus ventanas iluminadas, de cada uno de sus faroles, de las linternas de sus automóviles, de los fogones prendidos, los ojos verdes y rojos de sus semáforos, el neón de sus anuncios repetido en los charcos de la calle, las ascuas de todos los cigarrillos. Hacia nosotros zigzagueaba el río de antorchas de los peregrinos del Paraíso, que subía como culebra luminosa, y en la bóveda de arriba, al alcance de la mano, respiraba mansamente la Vía Láctea. El universo se mostraba cargado de signos, y yo sentí que podía descifrarlos.

La romería estaba ya congregada en el lugar santo, y esperaba la aparición del ángel. Le habían traído sus enfermos para que los curara y sus recién nacidos para que los bautizara. Sus ancianos venían por consuelo, sus niños por noveleros, sus tristes por esperanza, sus sin techo por amparo, sus mujeres por amor, sus desventurados venían por la bendición.

Para mí no era fácil entender cómo la aparición de un ángel —un invento traído de los cabellos, genuina cosa de locos— se convertía en algo decisivo para una comunidad. Pero era evidente que para esa gente, un ángel era un poder más concreto, accesible y confiable que un juez, un policía o un senador, ni qué hablar de un presidente de la república.

El ventisquero de Barrio Bajo se detenía y se volvía aire tibio con tanta gente, tanto aliento y anhelo y tanto fuego de antorcha. La masa de romeros rezaba y lloraba, con las patas hundidas en el barro y el corazón abierto a lo sublime. Era tal su fervor y tan contagiosa su fe, que por un instante yo, que no creo, a través de ellos creí.

El ángel nada que salía, y la expectativa iba creciendo. Aunque mis motivos fueran terrenales, también yo lo esperaba con ansiedad: la verdad es que me moría por verlo. ¿Sería, de verdad, tan espléndido como me pareció en la oscuridad de la cueva? Quería cerciorarme. Además, para mi artículo era indispensable que su protagonista, el Ángel de Galilea, hiciera algo, un milagro chiquito siquiera, cualquier cosa digna de ser contada.

Se abrió la puerta de la casa y la gente se agolpó en estampida para poder estar cerca. Quedé atrapada en medio de tal apretuje humano que apenas podía respirar, y peor Orlando, que era bajito, yo al menos sacaba la nariz por encima. La montonera nos empujaba y nos estrujaba, y pensé que cuando él saliera nos iban a pisotear con tal de tocarlo.

Pero no fue él quien salió. Sólo sor María Crucifija y las mujeres de la junta, para esparcir con totuma agua bendita sobre las cabezas, rezar letanías e implorar paciencia. Juraron que al ángel lo veríamos, pero más tarde.

Las necesidades de los del Paraíso se empezaban a sentir, y se iban abriendo las puertas de Barrio Bajo para atenderlas. Aquí calentaban un tetero, allí prestaban el baño, los de allá sacaban a la calle sillas para las señoras, los de enfrente traían amoniaco para espabilar a un desmayado.

Con la ayuda de Orlando, yo tomaba fotos y hacía entrevistas, maravillada ante la naturalidad pasmosa con que los pobres se enfrentan al misterio.

Le pregunté a una señora que venía en camilla, con las piernas envueltas en vendajes:

—¿Por qué vino, señora?

—Vine a que el ángel me cure estas llagas, mire, no me dejan caminar.

—¿No cree que un médico la cura mejor?

—¿Un médico? La última vez que vi un médico fue en 1973. Había venido a estos barrios a ayudar por una epidemia de cólera, pero la peste no hizo excepción con él y lo sacamos de aquí desaguándose en vómito y diarrea. Después de él, no recuerdo que haya subido otro.

—¿Sí cree que el ángel la cure?

—Pues como no sea él, no veo quién...

A un señor de corbatica oscura y peinado a la antigua:

—Perdone, señor, ¿usted sí cree que sea un ángel?

—Está comprobado.

—¿Cómo?

—Por mi casa se aparece. No como aquí, en carne y hueso, sino en su apariencia espiritual. La primera que lo vio fue mi mamá, que en paz descanse, mientras planchaba camisas en la cocina. Esa tarde mi esposa la notó conversando sola, muy suavecito, y le preguntó si necesitaba algo. Ella le dijo, estoy atendiendo a este ángel del Señor, que vino a anunciarme que mi hora es llegada. Como mi mamá señalaba hacia el rincón del tanque de gas, mi esposa miró hacia allá y también lo vio. Era un esplendor muy hermoso, y emanaba calor. La brillantez permaneció largo rato, y ellas lo acompañaron hasta el final, para no hacerle el desaire. A los tres días mi madre murió. Desde entonces el ángel nos visita con frecuencia.

Siempre le gusta llegar al mismo rincón, y ahí refulge, y nos acompaña hasta que se va.

A un muchacho de chaqueta negra de cuero:

—¿Tú si crees en todo esto?

—Es mejor creer que no creer.

Me confesó una señora de cartera habana y zapatos altos del mismo color:

—Yo sí vengo es a pedirle casa propia.

—¿Y cree que se la dé?

—Se la concedió a mi vecina, ¿por qué no a mí?

A una mujer con niño en brazos:

—¿Está segura de que el Ángel de Galilea es un ángel, y no un ser humano?

—¡Cómo cree que va a ser humano alguien que domina tantísimos idiomas!

Una quinceañera:

—Vengo a pedirle novio. Bueno, yo la verdad novio ya tengo, pero a escondidas de mi casa.

—¿Entonces qué viniste a pedirle?

—Vine a pedirle que mi padrastro me dé permiso de tener novio.

Un anciano de ojos descoloridos:

—Vengo a pedirle justicia y venganza contra los asesinos de mi hijo, que andan sueltos por ahí.

—¿Y qué puede hacer el ángel?

—¡Atravesarlos con su espada de fuego!

Dijo un hombre de unos treinta años:

—Yo creo que son patrañas.

—¿Entonces a qué vino?

—Por curiosidad.

Un señor de ruana, cachucha y bufanda:

—No será san Miguel Arcángel, pero es nuestro ángel.

A una joven arrodillada en el fango, tan devota que parecía a punto de levitar:

—¿Cómo se llama el ángel?

—El día que se sepa su nombre, ese día será el fin del mundo.

Yo andaba detrás de Orlando, borracha de incienso y de aleteo de serafines, feliz de refundirme entre esta multitud desahuciada que venía a buscar redención en la última casa del último barrio. ¿Pero dónde estaba mi ángel? ¿Qué hacía, que no venía a recibir tanto amor, a atender tanta súplica, a salvarnos para siempre o a matarnos de una buena vez con su recóndita presencia y sus dulcísimos ojos de mirar obnubilado?

Sor María Crucifija apareció otro par de veces, acompañada por Marujita de Peláez —siempre de capa azul— y por Sweet Baby Killer, parada detrás de las otras dos con aire de orangután bueno, como fiel guardaespaldas. Armada de megáfono, Crucifija desalentó a grandes voces a la gente y ordenó que cada cual para su casa, porque —anunció— no habría ángel por hoy.

Sin rencores, con sus antorchas ya apagadas, sus enfermos agotados y cargando en brazos sus niños dormidos, los del Paraíso emprendieron el regreso, resignados a la negativa del cielo, que no había querido enviarles a su mensajero. Ora bueno y ora malo, hoy dadivoso y mañana mezquino, el destino era así, caprichoso, y ellos no eran quién para venir a exigirle. Poco esperaban de esta vida, y tenían paciencia con la del más allá.

—¿Decepcionado? —le pregunté al de chompa de cuero.

—*No problem* —me dijo—. Si hoy no fue, mañana será.

Los del Paraíso regresaron a sus lares, y Orlando, que se caía de sueño, se fue a dormir a su casa. Yo ya no podría volver esa noche a la mía, primero porque era muy tarde y no había transporte, segundo porque al otro día debía presentarme a la redacción de *Somos* con un artículo y unas fotos que aún no tenía, tercero porque necesitaba leer los cuadernos de Ara. Y sobre todo, porque quería buscar la manera de ver de nuevo al ángel. Así que me dispuse a pasar la noche en su casa.

¿Dónde dormiría él? Doña Ara, que tanto lo quería, no iba a dejarlo aguantar frío por fuera. Si dormía en la cueva yo estaba perdida, porque no era capaz de irme sola hasta allá, y menos de entrar a buscarlo en la oscuridad. Eso si no me despescuezaba antes Sweet Baby Killer, que seguramente custodiaba la entrada para defenderlo de visitas inoportunas, como la mía.

Ara me esperaba despierta, mientras veía la última telenovela de la noche en un viejo aparato en blanco y negro.

—Los peregrinos se devolvieron tristes porque no pudieron verlo —le dije—. Habían traído a sus niños, y a sus enfermos. ¿Por qué no salió él, doña Ara?

—Así es mi hijo. A veces quiere mostrarse, y a veces no.

Con ademanes pálidos y maternales echó carbones al fuego y lo atizó, sacó de la naftalina un chal de lana y me lo puso sobre los hombros, me acercó una silla a la estufa y me trajo un plato de comida, que no fui capaz de rechazar aunque no tenía hambre.

—Lea hasta cuando la venza el sueño, señorita Mona, y después, si quiere, se acuesta en mi cama. Yo puedo dormir en el catre de Crucifija, ella es tan magra que casi no ocupa lugar.

No me sorprendió su hospitalidad, a pesar de ser tanta. La acepté como algo natural, como si se tratara más bien de una complicidad nacida del alivio de compartir con alguien una carga de amor tan pesada. Ahora creo que ya desde entonces doña Ara adivinaba lo que estaba por venir… Yo todavía no, pero ella sí.

—Dígame, doña Ara, ¿dónde pasa la noche su hijo?

—Nunca he logrado que duerma en una cama. No le gustan. Se tiende en un jergón, ahí en el suelo, junto a la estufa, y no cierra los ojos. Mi hijo es extraño, señorita Mona. Cuando está despierto parece dormido, cuando está dormido parece despierto.

—Vive en duermevela… ¿Serán así todos los ángeles?

—Así deben ser, con un ojo puesto en este mundo y el otro puesto en el misterio.

—¿Por qué no está aquí ahora?

—Por un problema con Crucifija. Ella no siempre sabe lidiarlo. Él quedó inquieto y lo dejé a dormir en el patio, al otro lado de esa puerta.

El corazón me latió fuerte cuando supe que no había sino una tabla de por medio entre esa criatura celestial y yo. Me atreví a preguntarle a la madre:

—¿Puedo abrir?

—Esperemos a que Crucifija se duerma del todo —me dijo bajando la voz.

—Bueno, esperemos.

Desde el otro cuarto llegaban, en murmullo de sílabas arrastradas, las oraciones de Crucifija.

—Siéntese y lea. Tome —doña Ara me entregó la llave del baúl—. Yo termino de ver mi novela.

—Doña Ara, una cosita antes… Dígame cómo se llama su hijo.

—Todavía no se llama. Cuando me lo quitaron no me dieron tiempo de ponerle un nombre. Mientras estuvo lejos lo invoqué hora tras hora, pero sólo diciéndole así, niño, niñito. El padre mío nunca lo llamó de ninguna manera, y mi madre tampoco, tal vez creyendo que si no lo mentaban yo lo iba a olvidar, y a perdonarlos a ellos. Cuando el niño regresó adulto se lo pregunté a él mismo muchas veces. No quería imponerle un nombre, sino respetar el que le hubiera deparado la vida. Pero aún no me lo ha dicho.

Yo pensaba en mi artículo. Si el ángel no tenía nombre no había más remedio que llamarlo "el Ángel de Galilea" a secas. No le iba a gustar a mi jefe, que hubiera preferido algo más brillante, como Luzbel, o Fulgor. O en el peor de los casos Orifiel.

—¿No se llamará Orifiel, doña Ara?

—Orifiel es sólo una de sus máscaras. Su verdadero nombre no lo revela. Desconfíe siempre de los ángeles que dicen su nombre.

—La última pregunta: ¿Es cierto que usted soñó con un ternero?

—Sí, es cierto, pero no quise ofender a nadie, y menos que nadie al padre Benito.

Ella se sentó en un butaco frente al televisor, tan circunspecta y derecha que parecía en visita de pésame, y se puso a mirar las figuras grises que gesticulaban, mudas.

—Póngale volumen, doña Ara, que a mí no me molesta.

—¿Para qué? Ya se sabe lo que van a decir. Lea, no más, tranquila.

Metí la llave en el candado del baúl con la emoción de quien destapa el séptimo sello, y empecé a leer las Revelaciones de los Cincuenta y Tres Cuadernos, acariciando las hojas apergaminadas y descoloridas de tanto dedo untado en saliva que las había pasado y repasado.

Me solté la trenza para que el pelo, todavía húmedo, se acabara de secar al calor del fuego. No era tanto que leyera sino que trataba de leer, aturdida por el tum tum de tambores que me retumbaba adentro.

¿Qué tenía ese muchacho que me alteraba de tal modo? Era fieramente bello, enigmático y lejano: más de lo que una mujer puede asimilar con calma.

Miraba el reloj, esperaba una eternidad, lo volvía a mirar y no había pasado un cuarto de hora. La telenovela terminó con los amantes separados.

—Malo, este capítulo —sentenció doña Ara, apagando el aparato—. Las estrellas de televisión no hacen sino sufrir.

En ese momento dieron las doce de la medianoche. "Mi ángel se va a convertir en calabaza", pensé. Ya se habían aquietado los rezos ratoniles de Crucifija, y Ara la espió por la rendija de la puerta entreabierta.

—Está más muerta que dormida —dijo—. Ahora sí, Mona, ya puede entrar al patio.

Yo mientras tanto había recuperado mi cámara fotográfica. Hubiera querido preguntarle a doña Ara si me permitía usarla, pero no lo hice, por temor a que me dijera que no. Así que la metí de contrabando entre el talego, junto con los pantalones y las naranjas que había comprado en La Estrella.

—¿Va a entrar conmigo, doña Ara?

—Es mejor que no. Me quedo esperándola aquí. Si la asusta, usted me llama.

—¿Acaso asusta?

—A veces, cuando está asustado.

La puerta no tenía cerradura, bastaba con empujarla para que cediera, y sin embargo mi mano no se animaba, desobediente a las órdenes que enviaba mi cerebro. "Tengo que entrar. No es sino un muchacho lo que hay ahí", pensaba mi mente, pero mi corazón decía otra cosa, y mis pies permanecían clavados al piso. Al fin el impulso fue más fuerte hacia adelante que hacia atrás, y pude franquear la puerta.

Era un patio descubierto, de no más de tres metros por tres. Sentado sobre el lavadero, bañado por un fantástico chorro de luna, estaba él.

Tenía la cabeza inclinada hacia atrás y la mirada perdida en la noche iluminada, y se mecía suavemente, sumido en una ensoñación ultramundana, mientras su boca balbuceaba palabras ininteligibles.

Estaba allí y a la vez no estaba, y durante largo rato fui testigo de su trance autista. Sabiendo que no me registraba pude observarlo a mis anchas, cerciorándome de que fuera cierta su belleza inverosímil. El ala de cuervo de su pelo recio; los ojos soñadores del color y la viscosidad del petróleo; el aleteo melancólico de las pestañas negras; la nariz recta, los labios llenos y femeninos de los que manaban, como si fueran humo, las sílabas extrañas de su mantra hipnótico; su cuerpo sobredimensionado de David de Miguel Ángel, esculpido en mármol oscuro y plácidamente abandonado a la potente columna de luz, que lo conectaba al espacio sideral.

—¿Puedes verme? ¿Puedes oírme? —le pregunté alzando la voz, pero no logré romper su aislamiento.

Me senté cerca de él y permaneció impertérrito, del otro lado del cristal, divino e inaccesible como un santo en su nicho, como un actor de cine en la pantalla. Lo contemplaba, arrobada, en su perfección radiante, cuando de repente me pareció detectar un destello cruel en sus pupilas ausentes. Fue la sombra de un egoísmo absoluto la que cruzó por su cara y alcanzó a estremecerme, antes de despejarse dejando en sus facciones otra vez la pura luz, la pura paz.

Quise tocarlo. Estiré la mano lentamente, sin movimientos abruptos, como quien busca atrapar a un animal arisco, o acariciar a un perro receloso sin que muerda. Mis dedos lo rozaron y se quemaron. "Arde en fiebre", pensé.

Una a una fui descubriendo sus cicatrices. En el muslo, un surco largo y oscuro como una cordillera; una línea quebrada que dividía en dos la ceja derecha; otra transversal en el abdomen a la altura del apéndice; un pequeño mapa en relieve sobre el pecho; una estrella irregular en la mandíbula; en el antebrazo, la roseta inconfundible de una vacuna de viruela; en el tobillo un rasguño reciente, que aún no perdía la costra. Eran señales que delataban el paso del ángel por el dolor de esta tierra. ¿Quién le habría causado las heridas, quién desinfectado, quién cosido?

–¿A ti quién te ha odiado, ángel? ¿Quién te ha amado? –pregunté, pero su boca permaneció cerrada, como las cicatrices de su cuerpo.

No sé cómo hice para acordarme de *Somos*, del artículo, de las fotos. Tomé la cámara, enfoqué y disparé. Ante el fogonazo del flash el ángel se retorció en un gesto de sorpresa, como si lo hubiera lastimado. Lo vi cubrirse la cara con el brazo y lo sentí caer bruscamente a la realidad, como un pájaro herido en pleno vuelo, como un astronauta que amariza en las aguas heladas del océano. Después me miró sin entender, se paró y empezó a retroceder, torvo, cauteloso, como la fiera que escapa a la celada del cazador.

¿Qué hacer? Él era enorme, mucho más alto que yo, y llenaba angustiosamente el patio, como un águila atrapada en una jaula de canarios. Tuve miedo de su reacción, me sentí acorralada e indefensa, quise huir. Después entendí que tenía mas miedo él de mí que yo de él, y recuperé el control.

Tenía que tranquilizarme, tranquilizarlo, comunicarme con él, ahora, cuando por fin había despertado y me veía.

A un animal espantado se lo acerca con un trozo de pan, y eso fue, en la torpeza de mi afán, lo único que se me ocurrió intentar. Agarré una de las naranjas que traía, y se la arrojé a las manos.

Funcionó. Despertaron sus reflejos y atrapó la fruta. Por un instante se olvidó de mí y se ocupó de ese objeto redondo y brillante que le había caído. Lo examinó con cuidado y, ante mi incredulidad, sonrió. Fue una sonrisa cálida que derritió en un segundo años luz de distancia, un puente inesperado y mágico que permitió que se hiciera el contacto.

El muchacho repitió mi gesto: me devolvió por el aire la naranja, yo la agarré y me reí, y él también se reía, con una risa adolescente y cascabelera como la que sólo se les conoce a los ángeles alegres. Durante uno o dos siglos estuvimos entregados a ese peculiar deporte bajo la luz intemporal de la luna, hasta que escondí la naranja detrás de la espalda logrando que él se acercara, intrigado, a buscarla. Yo le fui quitando la cáscara y cuando estuvo pelada le dije "come", y quise entregársela, pero no hizo ademán de recibirla. Separé un gajo y me lo metí a la boca: él me miraba hacer. Separé otro y lo acerqué a su boca.

Esa noche comió de mi mano una fruta tras otra, gajo por gajo. Las yemas de mis dedos conocieron la temperatura de su lengua, y aún conservan viva la memoria de su saliva.

La ropa que le llevé, aunque *extra large*, le quedó absurda de corta y de estrecha. Cuando se cansó de naranjas volvió a canturrear sus sones extraños y se entretuvo jugando con mi pelo, mi aparatosa mata de pelo, dorado como moneda falsa y

largo como manto de virgen, que lo fascinó y lo atrajo como a
todos los pobres, que al fin y al cabo mi ángel, despojado y
desnudo, también era uno de ellos.

La mañana amenazó con clarear en el hueco abierto al
cielo, y yo de repente me acordé de Ara, que me esperaba
despierta. ¡Por Dios! ¿Cómo era posible? Me había olvidado
de ella, de mí misma, de todo lo demás. Durante horas no
había tenido corazón ni cabeza sino para él, mi criatura
mitológica, mi bello animal de galaxia. Mi arcángel de Galilea.

Como raptada, me había perdido con él en la irrealidad
de su sueño, habíamos volado juntos lejos de ese patio, hacia
el universo sin confines de su desconexión. Contra toda mi
voluntad, ahora debía regresar.

Apenas abrí la puerta sentí el desgarrón. Con ese sólo
gesto me había apartado brutalmente de él, rompiendo un
hilo finísimo que tal vez ya no podría tejer. Quise arrepen-
tirme y volver, pero era tarde.

De un golpe, el ángel se había enclaustrado de nuevo en su
hermetismo de estatua, y otra vez sus ojos, que me miraban,
no me veían.

*M*ujer que te acercas a mí, no quieras saber cómo me llamo. Para ti soy el Ángel sin Nombre: ni puedo decírtelo, ni podrías pronunciarlo.

Sabía que vendrías de abajo, estaba escrito que la ciudad te enviaría a mí, y te esperaba. Con la ansiedad de la tierra, que en su pálpito de tinieblas aguarda la claridad salvadora del sol, así te he esperado. Y ahora que estas aquí, no te conozco.

Busco acercarme a ti, estiro la mano para tocarte. Pero tu piel es llama y me quema, no sé resistir el dolor intensísimo del contacto. No me hables, no me mires. Tus palabras me aturden y tu mirada se clava, intolerable, en mis ojos.

Pero no te alejes. Mucha cercanía me asfixia, mucha distancia me mata. Veo tu pelo ondular al otro lado del cristal, la maraña de tu pelo que flota y que llena tu lado del espacio. Me aterra tu cuerpo incomprensible, huyo de tus manos que quieren agarrarme, pero la niebla rubia de tu pelo me llama, bondadosa, me invita a salir del frío y a hundirme en la música de su fiesta amarilla. No me asusta tu pelo porque es excrecencia, ya salió de ti y no te pertenece, me acompaña pero no me atrapa, me roza pero no me quema. Toco tu pelo y no siento dolor.

No insistas en saber cómo me llamo. Tal vez no tengo nombre, y si lo tengo es múltiple, y mutante. Mi nombre, mis nombres: huidizos, equívocos, cargados de resonancias. No hay en tu mundo oídos que perciban su frecuencia, ni tímpanos que no revienten con su eco.

No quieras hablarme: tus palabras son ruido. Llegan a mí fragmentadas, son trozos afilados de un vidrio roto. Me lastiman haciéndome sangrar, y nada me dicen.

No intentes quererme: tu amor me destruye.

No pretendas que te quiera: no soy de aquí, no estoy aquí, trato de llegar y no puedo.

Me atormenta tu presencia: pesa demasiado. Tu peso quiebra mis alas y desata mis miedos.

Tu pelo, en cambio, me recibe alegre, y en él anido. Sus hebras solares me hacen cosquillas, me hacen reír. No te alejes. No me toques, no te acerques tanto, pero no te vayas. Ten conmigo infinita paciencia, porque infinito es el número de los días que te esperé.

Acógeme en tu pelo que es manto de lana, estampida de ovejas por praderas de luz. Rescátame de la existencia ambigua, de la confusión del aire. Limpia esta sustancia turbia, hecha de lejanía y silencio, que se adhiere a mis sentidos y los nubla, que penetra en mis entrañas y me ahoga. Que sea el manantial tibio de tu pelo el que me arrope, y no las sombras.

III
Elohim, ángel caído

No fue más lo que ocurrió esa noche en el patio. Tal vez alguien crea que fue poca cosa: esa persona no sabe lo que dice, porque no ha tenido un ángel que le cante en arameo mientras le acaricia el pelo.

Al entrar a la casa ya no encontré a doña Ara; se habría ido a la cama en vista de que era inútil esperarme.

Me recosté vestida, estremecida, exhausta, pensando en descansar sólo un momento, pero me quedé dormida hasta bien entrada la mañana.

Al despertar traté de incorporarme pero el recuerdo del ángel me tiró hacia atrás, como una gran ola que te tumba contra la playa. Me tomó por sorpresa verme así, aplastada por esa inusitada pasión por el muchacho anónimo del patio de atrás.

Los colegas siempre me han achacado falta de profesionalismo por mi incapacidad de mantener la objetividad y la distancia frente a mis temas. Una vez fui por ocho días, como reportera, a cubrir el conflicto entre los sandinistas y los contras, y terminé quedándome en Nicaragua y metiéndome de cabeza en su guerra, del lado de los sandinistas. A la tragedia del volcán de Armero fui con un noticiero de televisión, y cuando me vine a dar cuenta había adoptado a uno de los damnificados, una anciana que lo había perdido todo, incluyendo la memoria, y que desde entonces vive en mi casa, convencida de que es mi tía. Ahora quedaba nuevamente comprobado que los colegas tenían razón, y esta vez de manera patética: me habían mandado a buscar un ángel, yo había cumplido con encontrarlo, y además me había enamorado de él.

Salí del cuarto y no tuve que ver el patio vacío para saber que él ya no estaba allí; había un sinsabor en el aire que delataba su ausencia. Pensaba despedirme de Ara y bajar a la ciudad para llevar a *Somos* las fotos del día anterior —en especial esa única que había logrado tomarle a él— y redactar un primer artículo en una de las anticuadas computadoras de la sala de redacción. Volvería a Galilea hacia el mediodía para seguir investigando. Ahora que el ángel era mío, yo tenía que saber, de una vez por todas, quién era y de dónde venía y, ante todo, para dónde iba.

No pude salir tan rápido como quería, porque encontré la casa conmocionada por una situación de conflicto interno, una abierta hostilidad entre doña Ara y sor María Crucifija que se evidenciaba en el silencio cerrado de la primera y en la ruidosa manera como la segunda aporreaba los trastos y todo objeto que pasara por sus manos.

"La culpa es mía", pensé. "Ya se corrió la voz de mi noche con el ángel y están molestas." Típico pensamiento mío: siempre que me enamoro me agarran la culpabilidad y la manía de pedir perdones. Sin embargo, cuando doña Ara se me acercó para servirme el desayuno le pregunté con los ojos de qué se trataba, y ella me acarició la cabeza, como diciéndome que no me preocupara, que el problema no era conmigo.

Por ciertas frases punzantes que de tanto en tanto Crucifija disparaba, pude entender el verdadero motivo de la discordia. Parecía ser que la noche anterior, mientras esperaban afuera los peregrinos del Paraíso, Crucifija había hecho algo imperdonable: cansada de llamar al ángel por las buenas, había utilizado una soga para tratar de amarrarlo y hacerlo salir. Ahora, mientras yo me comía unos huevos pericos con cebolla y tomate, sor Crucifija se sacudía la responsabilidad de encima y se la achacaba a Ara.

—Usted en todo le da gusto —gritaba la sor— y lo único que

saca es que ese muchacho se haga el bobo. Que no quiera entender que él también tiene responsabilidades…

–No me maltrate al niño –repetía Ara, con la voz timbrada por el rencor.

Por un momento se ausentó Crucifija y doña Ara aprovechó para decirme, con los ojos encharcados en lágrimas:

–Ay, Mona, anoche oí cómo usted lo hizo reír. Gracias, Monita. ¡Usted despertó a mi hijo, y lo puso contento!

–No cantemos victoria todavía, Ara –le advertí.

El conflicto interno se redujo a mero malentendido pasajero ante el alcance de las malas noticias que trajo del exterior Marujita de Peláez, quien llegó alterada a informar que la guerra a muerte había estallado desde el púlpito, esa madrugada a las seis, casada por el padre Benito contra sor María Crucifija. Públicamente la había puesto entre la espada y la pared, exigiéndole que si no era monja, dejara de actuar como si lo fuera, y, que si lo era, abandonara el barrio y se encerrara en un claustro. Los asistentes a la misa salieron enardecidos, gritando "¡La monja al convento!", y decididos a llevársela así fuera de las mechas.

Sucedía que el padre Benito, alarmado con el tamaño de la procesión disidente del día anterior, había decidido cambiar de estrategia ofensiva. Hasta ahora venía adelantado una campaña irregular, a ratos contra el ángel, alegando su impostada identidad, y a ratos contra Ara, por ser su progenitora. Pero Ara era demasiado solitaria y sufrida para cohesionar en contra suya una oposición beligerante, y en cuanto al ángel, el padre Benito tenía sus reservas. No se tragaba el cuento de que el muchacho fuera un ángel, pero en cambio estaba convencido de que era un demonio, y le tenía tal pánico que, aunque lo macartizara con parrafadas virulentas, no se atrevía a írsele encima con acciones concretas.

Sor Crucifija, en cambio, era un contendor más vulnerable, por un lado, y por el otro, más urgente de detener, porque se había convertido en la papisa negra que ponía en jaque la autoridad espiritual del padre Benito, convocando huestes de creyentes que abiertamente desconocían la proscripción del ángel por parte de la Iglesia oficial. Era la herejía que se expandía y ganaba adeptos, para colmo de escándalos encabezada por una mujer.

Crucifija, Marujita, Sweet Baby y las demás de la junta se declararon en estado de emergencia y se encerraron a deliberar, así que pude conversar tranquilamente con Ara.

Yo estaba ansiosa de hablarle de su hijo, pero en ese terreno avanzamos poco. Cuando le preguntaba si de niño no se habría dado un golpe en la cabeza, o le insinuaba problemas mentales, ella, sorda ante hipótesis dolorosas, se cerraba a la banda con el argumento escueto de que él era un ángel.

—Seguramente es un ángel —aceptaba yo—. Pero usted misma reconoce que sería bueno "despertarlo". Que es un muchacho raro. Mejor dicho que no es normal…

—¿Quién dijo que los ángeles eran normales? —remataba ella, y hasta ahí nos llegaba la dialéctica.

En cambio, de sor María Crucifija chismoseamos a gusto.

La historia de su liderazgo no había empezado ayer; se remontaba más atrás de la aparición del ángel, cuyo culto ahora administraba.

Históricamente, el carisma de la Crucifija le venía del hecho de ser salvada de las llamas. Su poder sobrenatural quedó patente el día del incendio de 1965, cuando aún Galilea no era la barriada popular que es hoy, sino un despeñadero sin gente cuyo único ocupante era un convento fantasmagórico que sepultaba en vida treinta y cuatro monjas de clausura.

Sus muros eran tan altos y sus puertas tan herméticas

ersElohim, ángel caído

que el mundo de afuera sospechaba que ya no lo habitaban mujeres vivas, sino espíritus. Esta creencia era corroborada todos los días, al alba y al ángelus, por unos cantos ultraterrenos y sutiles como silbidos de sirenas que se escapaban de adentro por entre las rendijas y echaban a volar al viento, causando sobrecogimiento entre los ralos pobladores de las inmediaciones. Pero la teoría de la inmaterialidad de las treinta y cuatro monjas era a la vez desmentida por las aguas negras que chorreaban cerro abajo desde las cañerías del convento, cargadas de excrementos muy materiales y humanos.

Durante el famoso incendio, que nadie sabe cómo empezó y que no paró hasta devorar las mismas piedras, perecieron calcinadas treinta y tres de las hermanas, y también todos los animales de los establos y los corrales, los geranios de las materas, las verduras de la huerta y hasta las palomas, tan bien alimentadas que por gordas no pudieron volar.

El único ser que escapó con vida de ese infierno en la tierra fue la más joven de las novicias, una huérfana malgeniada y rebelde que aún no había hecho los votos pero a quien ya habían dado el nombre iniciático de María Crucifija.

Ella misma jamás se refería a esos hechos, pero según la leyenda que rodaba, los curiosos que presenciaron el desastre la habían visto salir milagrosamente de las llamas, ilesa salvo por el detalle de las cejas y las pestañas, que ya desde entonces no las tuvo y cuya ausencia le imprimía a su cara ese aire tan impersonal y pavoroso de marciano, o de gusanito de guayaba.

De sor María Crucifija nadie sabía a ciencia cierta quién era, pero todos sabían bien quién no era.

Para empezar, no podía decirse con convicción que fuera mujer. Pertenecía más bien a un tercer sexo, el de aquéllos que han renunciado al sexo.

No era monja, sino asceta por voluntad propia. Había hecho los votos de castidad, y además los de pobreza, que no contaban, si se tiene en cuenta que también los demás habitantes de Galilea eran pobres como ratas, y sin necesidad de votos.

Sor María Crucifija era intacta, no sólo en el sentido simbólico de que conservara su virginidad, sino en el estrictamente literal de que jamás hombre alguno le había puesto un dedo encima. Era tal su aversión a la carne, que había logrado eliminarla hasta de su propio cuerpo: su flacura anoréxica la convertía en un ser descarnado, en un mero atadijo espiritual de huesos recubiertos de pellejo.

No se permitía ni un viso de color en el vestido, pero su luto no se debía a la muerte de un familiar o ser querido, que jamás se le conoció ninguno; era más bien un acto de contrición por ser las mujeres la causa del pecado original.

Esta vida de renuncias le reportaba pros y contras. La ventaja: le confería, a pesar de no ser hombre, considerables dosis de poder en el barrio. La desventaja: la convertía en un desafío al orden natural de las cosas, y por tanto en blanco de ataques. Así por ejemplo, en el sermón de esa mañana el padre Benito la había culpado –a ella y a su engendro, el ángel– del desquicio de las lluvias que amenazaban con arrastrar a Galilea; de siete casos de hepatitis registrados en el último mes, y hasta de un pollo nacido con dos cabezas, fenómeno que tenía conmocionado al vecindario.

Ara suspendió sus relatos para preparar un portacomidas, y me dijo que me dejaba, porque tenía que ir a alimentar al ángel.

–¿Qué come? –le pregunté.

–Pan. El pan de los ángeles.

Casi le digo que la acompañaba, con tal de verlo y darle

migajas de mi mano, pero me llamó más fuerte el sentido del deber. Así que nos despedimos, y yo me disponía a bajar a la ciudad, cuando las deliberantes salieron de su encierro y me trancaron el paso. Que yo no iba a ninguna parte, me comunicó Crucifija, porque tenía otros planes para mí.

—Es necesario que usted se deje lavar el cabello —dijo con toda solemnidad—. Mejor con agua de manzanilla, que se lo aclara. ¡Se vino el fin del mundo, y hay que moverse!

—¿Para qué lavarse el pelo, si se acaba el mundo? Además —me defendí— lo tengo limpio.

Me agarró un mechón para examinarlo.

—Tiene horquilla —diagnosticó, y sin más trámites se puso a trasegar con ollas de agua caliente destinadas a mí. Yo, que no tenía interés en que me mejoraran la horquilla, dejé sobre la mesa dinero para cubrir los gastos de la comida y unos pesos de más, y aproveché para volarme por la puerta.

Calle abajo corrió sor María Crucifija hasta que me atajó.

—¿A dónde cree que va? —me gritó—. ¡Usted no puede irse!

—¿Por qué no?

—Porque dependemos de usted.

—No se afane, yo vuelvo después.

—Cuando vuelva va a ser demasiado tarde.

—¿Demasiado tarde para quién?

—Para el ángel. Para todos. Para el género humano, hasta para usted…

—Lo siento, tengo que entregar un artículo.

—Mire, si quiere no se lava el cabello, todo lo que tiene que hacer es llevarle un mensaje al ángel, él a usted la escucha…

Eran las palabras mágicas. Ella que las dice, y yo que me declaro derrotada: con tal de ver al ángel, me quedaría. Y hasta me lavaría el pelo, ya que a él tanto le gustaba. Así que accedí a las peticiones de Crucifija, siempre y cuando me dejara una hora libre para escribir mi reportaje, y me facilitara un mensajero con quién enviarlo.

De esa manera sucedieron las cosas para desembocar en que ese día, mi segundo en Galilea, doña Ara y Marujita de Peláez, armadas de agua tibia, extracto de manzanilla, un secador de esos antiguos tipo casco de astronauta y un par de cepillos Fuller, me instalaran en el patio, se apoderaran de mi melena y le trabajaran hasta ponerla a refulgir.

Paso a paso, de nimiedad en nimiedad, se llega a lo definitivo. Nadie le da importancia a una lavada de pelo, por supuesto. A menos de que haga parte de los actos preparatorios de un ritual.

¿Escuchas el rumor, sientes el roce?

Shhhh… No te asustes. Soy yo quien se acerca, yo, Gabriel, Arcángel de Anunciaciones. He bajado a susurrarte mi buena nueva. ¿No me conoces? No hay cómo confundirme, mírame bien. Ningún otro tiene el cuerpo cubierto de vello color azafrán, ni las alas de topacio verde, ni el sol brillando en medio de los ojos. Soy yo, Gabriel, el del millón de lenguas… Óyelas murmurar mi mensaje en tu oído.

"¡Chite!", gritas espantándome como si fuera un gato, y yo me escondo tras el armario, y ahí permanezco durante horas, agazapado en la penumbra, esperando que te aquietes, o te duermas.

"¡Chite!", vuelves a gritar, apenas trato de acercarme. Calla, mujer, no seas brusca. No delates mi presencia. ¡No sabes lo que me espera por haber venido hasta ti! Me estremezco ante la advertencia divina, que aún retumba por los aires. Fue proferida desde el día de la creación, y de todas las cosas prohibidas, ésta es la que Dios castiga con mayor rigor. No hay ángel ni arcángel, trono ni dominación, virtud ni potencia que no conozca las consecuencias de su grandísima ira.

Así lo dijo Yahvé, con voz de expulsar Satanes: "¡El ángel que ose bajar a la tierra a unirse con mujer, perderá la vida eterna!"

Los ángeles lo escuchamos, sentimos temor e impulso de obediencia, y por siglos permanecimos castos. Pero llegó el día en que a algunos les fue dado ver de cerca a las hijas de los hombres, y constatar su belleza, y la dulzura de su trato, y, no resistiendo la tentación, descendieron a la tierra, buscaron a las mujeres, y las hicieron suyas.

El Señor que todo lo sabe también esto lo vino a saber. Entonces los cielos se incendiaron con su furia, y por los siete

87

universos tronó la terrible imprecación: "Vosotros ángeles, santos y espirituales, viviendo una vida eterna, vosotros os habéis ensuciado con la sangre de las mujeres, y habéis engendrado con la sangre de la carne; según la sangre de los hombres habéis deseado, y habéis hecho carne y sangre como hacen aquéllos que mueren y perecen."

Entre los caídos estaban Harut y Marut, bellos y vigorosos, favoritos del Señor, que cambiaron la eternidad por un momento de amor de mujer, así como también lo hizo Luzbel, muy a sabiendas de lo que perdía, y también de lo que ganaba.

El castigo para ellos, y para los doscientos que estuvieron con mujer, fue el encierro perenne en cavernas profundas, por ser su pecado contra natura, es decir, contra la naturaleza angélica, que es pura e incontaminada, y no necesita de la unión carnal para su perpetuación.

Pero más espantoso aún fue el castigo que recibieron las mujeres que los enamoraron, porque el Señor mucho se irritó contra ellas, y les achacó la culpa de la seducción, y las condenó a ser aborrecidas como rameras, desnudadas, abandonadas, y encadenadas hasta el tiempo de la consumación de su pecado, en el año del misterio.

Desde entonces es bien conocida la desconfianza que el Señor manifiesta hacia la mujer, pese a haberla creado, por considerarla fuente de suciedad y de pecado, y es voluntad del Señor que tanto sus ángeles en el cielo como sus santos varones en la tierra se mantengan alejados de ella como principal requisito para conservar su virtud. Porque primero entrará un camello por el ojo de una aguja que una mujer en el reino de los cielos, a menos de que ella sea madre o virgen, y la más grande de todas, la que ocupe el trono al lado del Hijo, será milagrosamente madre y virgen, las dos cosas a la vez. La que sea mujer a secas no sabrá de perdones, porque ella es tenida por inmunda, y su sangre contagiosa, y todo su cuerpo oscuro. Bien lo dijo el profeta cuando dijo: "Tendrías que ser mujer para saber lo que significa vivir con el desprecio de Dios."

¡Ay de mí, Gabriel, el mensajero! ¡El Arcángel rojo como las ascuas, peludo como un borrego! Hasta ayer tocaba la cítara, inocente y enceguecido por el resplandor de Dios. Hoy te he visto, y te he encontrado bella, y te he encontrado buena, y sana, y luminosa. El deseo me abraza con más brazos que la culpa, y es mi última voluntad hacerte mi mujer.

Sé bien que no hay lágrimas para pagar tal pecado. Que en castigo perderé mi nombre, para recibir el de Elohim, que quiere decir Caído Porque Pecó Con Mujer Arrastrando a La Humanidad a La Corrupción y al Mundo Entero al Diluvio. Y sin embargo aquí estoy, y no desfallezco. Me acerco a ti, paso a paso, y sigo siendo Gabriel, aunque hoy me llame Elohim. Oye, mujer, mi mensaje, que son palabras de amor.

La decisión está tomada. Yo, Gabriel Elohim, hijo de los cielos, me fundiré contigo, hija de los hombres, como un vino con otro vino al ser vertidos dentro del mismo odre.

No escapes, mujer, y no te asustes. Ven conmigo a la caverna en cuya entraña fluyen manantiales de agua clara, donde se esparce el olor del nardo, del fruto del aloe, de la pimienta y la canela. Allí nos resguardaremos del ojo inclemente de Dios. Allí te haré mía, a ti, la bienamada, la bendita, la única, y en ti depositaré semilla.

Uno dentro del otro tendremos la dicha de vivir y también la dicha para mí desconocida de morir; atravesaremos juntos epifanías y oscuridades, ascenderemos a la cima, bajaremos al abismo, y seré feliz porque por fin podré comprender que todo lo verdadero tiene un comienzo, y que termina y se extingue cuando ya no tiene razón de ser.

A la orilla del mundo me sentaré a mirarte, mujer, y sentiré pudor, y me cubriré los ojos con las alas ante la maravilla de tu rostro. Te miraré y estaré lleno de ti, porque quien mira es un ser colmado de aquello que mira.

De tu mano iré por los meandros del mundo sensible, que Dios ha prohibido a los ángeles conocer. A través tuyo serán míos los goces de la vista, del oído, del olfato, del tacto, del amor carnal, que son prerrogativa humana. Míos serán por un instante el placer y el dolor, el mármol, el cinamomo y los perfumes, mío será el olvido y el recuerdo, míos el pan, el vino, el aceite, la enfermedad y la salud. Por ti sabré las claves de las ciencias y las artes, conoceré la agricultura, la metalurgia, la poesía, el alfabeto, los números, la tintura de telas, el arte de pintarse los ojos con antimonio. Gozar de todo ello es privilegio que se paga con la muerte, y estoy dispuesto a pagar.

A cambio, abriré las puertas de tu templo interior y dejaré que tus ojos vean el misterio. El misterio inefable, que Dios ha querido hacer accesible sólo a sacerdotes y hierofantes. Yo lo pondré en tus manos, mujer. Ha llegado la era en que también tú conozcas los arcanos. Volarás sobre mi lomo y te será dado ver los cimientos del universo, la piedra angular de la tierra, las cuatro columnas del cielo, los secretos del tiempo que se vuelve espacio y puede recorrerse hacia adelante y hacia atrás. Los escondites del viento, las llanuras donde pastan las nubes, los depósitos de granizo, las inmensas albercas donde espera la lluvia...

Después de la unión vendrá el tiempo de la reproducción.

¿Sabes tú, mujer, cómo se reproducen los ángeles? Los santos doctores no se ponen de acuerdo. Algunos opinan que es como el mercurio, al desintegrarse. O como un espejo, que al quebrarse forma fragmentos que se reflejan unos en otros.

Santo Tomás, doctor angélico, dice que nos reproducimos
como las moscas. Nada de ello tiene importancia, porque a la
hora de la hora todo será como debe ser.

Cuando llegue el día veremos dibujados en el cielo los
signos, interpretaremos las señales, que serán claras, y sa-
bremos que por obra nuestra se está cumpliendo la profecía,
porque está escrito que cuando descienden los ángeles del
cielo se hace una su raza con las hijas de los hombres.

Pero antes de que ello se consuma, vendrá para nosotros
el tiempo del adiós. La ejecución de las antiguas advertencias.
Oirás estas palabras: "Ave Mujer, llenos estamos de gracia, he
estado contigo y haz estado en mí." Reconocerás en ellas mi
voz, y en mi voz la despedida, y llorarás, porque seré ido.

Y ahora, ¿escuchas el rumor? ¿Sientes el roce? Shhh…
Quédate quieta, mujer, guarda silencio, no des voces que
alerten a la gente de tu casa. No temas, no quiero causarte
espanto ni estupor, soy sólo un ángel caído. Déjame abierta
la puerta, que soy yo, Elohim, y ardo en amores.

Sabía que iba a verlo, y me llenaba el pecho una ansiedad loca, nunca antes sentida y que tal vez igual no volvería a sentir. Qué más decir de esa mañana, la mejor de mi vida, sino que un sol recién nacido se colaba al patio, que chisporroteaba el agua del grifo y que había en el aire alegría de mujeres atareadas en lo suyo.

Yo dejaba que Ara y Marujita hicieran y deshicieran, me peinaran y me prepararan como les viniera en gana, y mientras tanto yo sólo pensaba en él. No supe a qué horas me cambiaron la ropa por una batola azul, de virgen o de loca, según se la mirara, y me encaramaron en unas andas, como estatua en procesión de Semana Santa. No supe a qué horas pasaron esas cosas y tampoco me importó, para todo contaron conmigo como cómplice entusiasta e incondicional. Cuando me di cuenta estábamos ya en la calle, iba llegando gente y se agolpaba a mi alrededor, porque, según parecía, el centro de interés era yo.

Mis ojos buscaron otras personas de túnica como la mía, pero no, todos estaban de civil, yo era la única disfrazada. Eso medio me desanimó, y quise encontrar a Orlando. ¿Dónde estaría Orlando, mi amigo, mi intérprete, mi guía? ¿Dónde se había metido que no venía a socorrerme, ahora que me había convertido en protagonista de esta batahola? Ara me dijo que estaba estudiando, que por las mañanas el niño iba a la escuela.

El hecho era que yo estaba montada en la cresta de los acontecimientos, sin posibilidades de echarme para atrás. Las integrantes de la junta me encasquetaron una corona de flores en la cabeza, me pusieron un ramo en las manos, me extendieron el pelo cual manto, y sobre los hombros, aparatosa y eléctrica, me chantaron la capa azul de Marujita de Peláez.

Sweet Baby Killer y tres hombres fuertes se echaron al hombro las andas conmigo encima, y yo, para no caerme, tuve que deshacerme del ramo y aferrarme a una barandita que el armatoste traía, y así, a lomo humano, empecé a desplazarme sobre las cabezas, como cualquier reina de belleza en desfile de carrozas.

Se arremolinaba a mi alrededor el enjambre humano, esta vez compuesto mayoritariamente de mujeres y niños de brazos. Sor Crucifija, que quería meter orden, bregaba a alinearlos y les repartía hojas mimeografiadas con las letras de los himnos que debían entonar.

Fuimos bajando por la pendiente de Barrio Bajo, y a nuestro paso más fieles salían de las casas y echaban a andar detrás. Detrás de mí, estatua viviente que encabezaba la comitiva. Mis cuatro portadores patinaban en el barro todavía fresco, las andas se inclinaban peligrosamente y yo iba como en montaña rusa, agarrándome a dos manos para no ir a parar al suelo. Los devotos me miraban con amor y admiración, y eso me pareció demasiado, empecé a salir del embrujo y a querer bajarme de esa locura, y me hubiera bajado si en ese momento no viene él.

También lo traían en andas, otro grupo y otra procesión, nosotros cuesta abajo y el ángel y su séquito por la calle hacia arriba, para encontrarnos en la mitad. Llevaba envuelto el cuerpo en una tela blanca, ancha, que ondeaba al viento como un palio triunfal, dejando entrever sus brazos poderosos y la piel oscura de su pecho y de su espalda.

Sonreía, glorioso como un resucitado, como un cruzado que arrasa tierra mora, y en medio del tropel de caballos que se me desbocó adentro, lo vi imponente e inmenso, invencible y celestial. Juro que ese día el ángel era ingrávido. Juro que pasó a mi lado derrochando fuerza y derramando gracia. Juro que su pelo irradiaba resplandores, y que sus ojos ardían. Al verlo así, en despliegue de plena potencia, entendí el secreto de su porte: su aspecto en todo era humano, pero estaba hecho de luz, y no del polvo de la tierra.

Ante su presencia el caos cobró significado. La superstición se volvió rito, y lo grotesco se hizo sagrado. Como siguiendo órdenes, como una partícula de metal en pos del imán, me dejé llevar tras él, anónima, entregada, una más entre la masa de mortales, sin preguntarme nada ni oponer resistencia.

Presidido por niños que zarandeaban tarritos con incienso, el río de gente arrancó a subir por la montaña, abandonando el barrio y metiéndose en la espesura, llevándonos en hombros sobre las dos angarillas, a él, espléndido, adelante, y a mí detrás, arrobada.

También al ángel lo coronaron de flores y él se dejó hacer, magnánimo y confiado. La procesión trepaba, los arbustos de carbonero y guapanto se enmarañaban, los helechos se volvían gigantes, se arrebataban las zarzamoras, el cielo se venía encima y la ciudad, muy abajo, se hacía irreal. ¿Adónde nos llevaban, tan lejos, tan alto? Mientras fuera con él, no me importaba.

Dudo si contar lo que pasó después, porque no sé si podré hacerlo comprensible. Por lo menos va a sonar loco, insensato, y no fue para nada así. Al contrario. Hoy, tanto tiempo después, tengo la certeza de que fue el acto más cuerdo, el más claro de mi vida.

Después de subir hasta una cruz clavada en lo alto del cerro, donde se hicieron ofrendas, volvimos a bajar hasta la misma cueva de la tarde anterior, la que llamaban Grutas de Bethel, donde lo había visto por primera vez. Frente a la entrada, sor María Crucifija hizo detener la manifestación, y trepada en una peña se echó un sermón que hablaba del fin del mundo, de la necesidad del apareamiento, de las horas, que estaban contadas, de la gran misión de las gentes de Galilea, sobre cuyos hombros el cielo había querido poner la responsabilidad de la gestación del nuevo ángel, el que habría de bajar a la tierra a reemplazar a su antecesor, para no interrumpir la cadena que venía desde Jesús.

Hasta ahí la ceremonia ya venía muy rara, pero enseguida vino lo peor. Sor Crucifija agarró un tiple desafinado que le alcanzaron, y con una voz de monja que metía miedo empezó a cantar, ni más ni menos que la famosa ranchera nupcial, "Blanca y radiante va la novia / La sigue atrás su novio amante...", martilleando mucho las sílabas graves e introduciéndole algunas modificaciones a la letra, para hacerla de inspiración menos pagana. La acompañaba la gente con batido de palmas y panderetas, y hasta con un par de maracas acopladas a otro ritmo. Disonante concierto, cada quien interpretando por su lado, y la cosa medio sonando a himno satánico.

Algunos se abrazaban conmovidos; a Marujita y Sweet Baby las vi llorar de emoción. ¿Y yo? ¿Que si yo entendí lo que aquello quería decir, y cuál era el papel que me tenían asignado? ¿Que si yo sabía para dónde iba todo? Era bastante obvio. Bastaban dos dedos de frente para descifrar por qué desde el día anterior sor Crucifija indagaba sobre las fechas de mi menstruación, por qué el cariño de doña Ara hacia mí, por qué mi túnica azul, mi puesto de honor y mi pelo limpio.

Desde que me vieron llegar al barrio, las de la junta me habían elegido. Encontraron que yo era la propia, la muy esperada novia blanca y radiante; la que por alta, o por rubia, o tal vez por venir de afuera, presentaba características ideales para sacarle cría al ángel. Nada había quedado librado al azar, y los embates del padre Benito sólo habían precipitado el momento.

Y a todas éstas, ¿qué pasaba conmigo? Yo sólo lo veía a él y su presencia me aturdía, y me dejaba como muerta. Yo sólo lo veneraba. Y lo deseaba.

"Haz en mí según tu voluntad", le hubiera dicho, si no hubiera sido herejía y si me hubiera preguntado qué hacer.

Los romeros no cantaron más y volvieron al barrio, dejándonos solos, a los dos, en el viento fresco de la mañana. Yo ardía en escalofríos, yo no estaba en mí. Yo lo miraba y un sólo pensamiento me latía en las sienes, "lo que ha de ser, que sea".

Y fue. Dentro de la gruta, el ángel me hizo el amor con instinto de animal, con pasión de hombre y con furor de dios.

Me tomó como soy, una mujer entera. Hizo de mí, toda, un santuario, sin dejar por fuera mi corazón ni mi sexo, mis neuronas ni mis hormonas, los afanes de mi alma ni los agites de mi piel. Devoró mi amor sagrado y bebió mi amor profano, y no me forzó a limitarlos, ni tuvo miedo del torrente de mi entrega, que fluyó a borbotones, rebasando la estrechez de las orillas y del cauce.

Nuestra unión fue sacramento.

Santa mi alma y santo mi cuerpo, bienamados y gozosamente aceptados los dos. Santa la maternidad y también santa la sexualidad, santo pene y santa vagina, santo placer, bendito orgasmo, porque ellos son limpios, y puros, y santos, y de ellos serán el cielo y la tierra, porque han sufrido persecución y calumnia. Que ellos sean alabados, porque fueron declarados innombrables. Bendito sea por siempre el pecado de la carne, si se comete con tantas ganas y con tanto amor.

Después de ese día nada volvió a ser igual. Una herida viva en el pecho: eso y no menos fue a partir de entonces la

historia de mi amor por el Ángel de Galilea. Me había enloquecido su excesiva dulzura, su misterio y su silencio me
sacaron de mi eje. Se detuvo mi tiempo y empecé a vivir el
suyo, que no era el de los relojes. Mi pecho se abrió al soplo
de vientos intensos, venidos de lejos. Esa mañana en la gruta
supe que había empezado a sangrar por dentro, tac, tac, tac,
manaron de mi corazón las gotas rojas, y brotaron al tiempo
la fuente de mi dicha y la de mi calamidad. Me da vergüenza
decirlo, esas cosas ya no se usan, pero desde ya confieso que
lo mío por él fue totalmente así: agonía de corazón ardido que
se desangra de amor.

IV

Mermeoth, o la furia del ángel

No hay drama igual a buscar un teléfono público en mi ciudad. Cuando existen, les han arrancado la bocina, y si tienen bocina no tienen rueda para marcar. Dentro de las cabinas telefónicas la gente hace cosas insólitas, como cagar, pintar consignas subversivas, estallar petardos, de todo, menos llamar. En Galilea, a falta de teléfonos privados, había dos públicos, ambos destrozados con saña. Orlando me acompañó hasta la panadería del barrio vecino, donde se encontraba uno que tenía fama de funcionar.

Cuando por fin pude hablar con mi jefe, me soltó una andanada que hubiera preferido no escuchar. Me dijo que dónde andaba, que si creía que me habían dado vacaciones, que le había mandado una basura impublicable, que qué me creía yo.

—¿Y la foto del ángel? —me atreví a preguntar—. ¿Salió la foto?

—¿Foto? ¿Ángel? Un manchón negro, dirá.

—Y el artículo, ¿no le gustó?

—Eso no sirve, ¿entiende? Son supersticiones de pobre, ¡no le interesan a nadie!

Tenía que presentarme en *Somos*, inventarme alguna cosa porque me iban a echar, así que volvimos a Galilea y Orlando me acompañó hasta la única esquina donde tal vez podría tomar un bus. Por el camino nos ocurrieron dos cosas.

La primera, que empezaron a caer del cielo unas gotas gordas, escasas, a las que yo no di importancia, pero que inquietaron a Orlando.

—¿Qué tienen de raro? —le pregunté—. ¿Acaso ayer no llovían gatos y perros?

—Esta lluvia es distinta.

—¿Qué tiene de distinto?

—Con ésta comienza el diluvio universal.

—¿Quién dijo?

—Lo dijeron esta mañana las Muñís. Anunciaron que hoy, cuando empezara a llover, ya no pararía más.

—¿Y quiénes son las Muñís?

—Son dos hermanas de aquí del barrio, Rufa y Chofa, que hacen mermeladas y dulces.

—¿Qué saben las Muñís de lluvias?

—Saben mucho de profecías. Ellas conocen las profecías que sólo el Papa conoce y que aún no ha querido revelar, las de los pastorcitos de Fátima.

—¿Cómo se enteraron las Muñís de semejante secreto?

—Se lo contaron las Sáenz.

—¿Y qué profecías son esas?

—Las Muñís sólo han revelado una. Mejor dicho las Muñís no, sino Chofa Muñís, que es bocona. A Rufa nadie le saca palabra, en cambio Chofa habla cada que la puyan. No es sino decirle, "ustedes no saben nada de nada", y ella se siente tocada en el orgullo y empieza a cantar. El otro día reveló una de las profecías.

—¿Cuál?

—La caída del comunismo.

—Valiente cosa.

En ese momento las Muñís no me parecieron dignas de crédito. Pero unas horas después, un aguacero bíblico me forzaría a reconocer sus capacidades sibilinas. Aunque, viéndolo bien, la destrucción de Galilea por las lluvias era un vaticinio tan obvio como la caída del comunismo.

El segundo suceso en que nos vimos involucrados Orlando y yo tuvo que ver con un par de grafitos frescos que encontramos pintados en las paredes. Ambos estaban firmados con la sigla M.A.F.A., y el uno decía "El ángel es un bastardo", con lo cual no revelaba nada que no se supiera ya, salvo el aumento del nivel de agresividad en el barrio. El otro letrero puso frenético a Orlando, quien con mi ayuda escupió el muro y lo pateó. Decía: "Orlando es hijo del cura Benito."

¿Orlando, hijo del cura Benito? Lo vi tan indignado que sólo le pregunté, como hablando de otra cosa, "¿Cómo se llama tu mamá?", pero él me contestó con evasivas, y al rato pasó un bus y me pude montar en él.

Por la ventanilla vi que Orlando se había quedado parado bajo los goterones, que ya no caían tan espaciados.

Cuando llegué a *Somos* estaba lloviendo a cántaros. No describo mi entrada poco triunfal, porque no vale la pena. Sólo diré que para mí fue como descender a otro mundo, y que mientras yo añoraba a mi ángel y lo sentía dolorosamente lejano, como si lo hubiera conocido en Marte, el jefe de redacción rompía mi artículo, me demostraba que la famosa foto efectivamente se había velado, y me ordenaba hacer todo de nuevo para el día siguiente. El tema no podía cambiar, porque la carátula del próximo numero de la revista ya estaba impresa —el titular anunciaba, tal como había imaginado, "¡Los ángeles llegan a Colombia!"–, así que esta vez me mandó a entrevistar a Marilú Lucena, astro de la pantalla chica, a quien un ángel salvó en una carretera oscura, al vararse su automóvil cuando regresaba sola de una fiesta, a las tres de la mañana.

Aunque seguía lloviendo de manera aparatosa, había inundación en varias calles y se compactaba un trancón de tráfico alarmante aun para Bogotá, después de la confesión de Marilú Lucena tuve que escuchar la de un senador de la república, quien aseguraba que de niño había estado ahogado durante más de dos horas en el fondo de una piscina, y que si hoy podía contar el cuento era porque un grupo de ángeles lo había rescatado y devuelto a la vida.

Hacia las nueve de la noche, y a través del peor aguacero de mi vida, me fui hasta el hotel donde se hospedaba el torero Gitanillo de Pereira, quien me contó, en exclusiva para *Somos*, cómo en las corridas, cuando veía un angelito azul parado en medio de las astas del toro, sabía que estaba protegido y que nada malo le iba a suceder.

Hacia las once llegué a mi apartamento muerta de hastío y de cansancio, me di el ansiado duchazo hirviendo con agua que pelaba pollos, me tomé un té con sánduches preparados por mi tía, la damnificada de Armero, y a la medianoche me disponía a sentarme a desgrabar las revelaciones de la tarde, cuando sonó el teléfono de mi escritorio.

Era el celador nocturno de *Somos*, a decirme que allá había llegado un niño que preguntaba por mí. El celador le había mentido, diciéndole que no tenía mi número de teléfono, según la política de la revista para mantener la privacidad de los redactores, pero el niño había insistido tanto, y parecía tan desesperado, que el celador, por lástima, me había llamado de todas maneras, por si se trataba de algo grave.

—El niño dice que se llama...

—Orlando —lo interrumpí—. Pásemelo enseguida, por favor.

Orlando sonaba aturdido, y hablaba tan de prisa que mucho no le entendí. Le di la dirección de mi apartamento, le dije que el celador lo ayudaría a tomar un taxi, que yo se lo pagaba al llegar.

Recibí a un Orlando agitado y de ojos lechuzos, que no aceptó siquiera quitarse los zapatos mojados, ni tomarse un Milo caliente. Dijo que se trataba de una emergencia, que había venido por mí y nos teníamos que ir enseguida para

Galilea, porque, según dijo, "se la estaba llevando el Juicio Final".

—¿Pero qué podemos hacer allá, a estas horas?

—Vamos, Mona, tiene que venir —me repetía, y me tironeaba de la manga.

—A ver, Orlando, tratemos de pensar esto mejor. Siéntate un poco y dime exactamente qué pasa.

—Es el agua. Va a arrastrar las casas.

—Entonces llamemos a los bomberos, a la Oficina de Prevención de Desastres, a alguien que pueda evitar una catástrofe. Déjame pensar a quién le puedo avisar…

—No, Mona, no, ellos no pueden hacer nada. La única que puede es usted.

—¿Yo? Si lo más probable es que ni siquiera podamos llegar hasta allá, con esta lluvia.

—La única que puede es usted.

—¿Cómo, yo?

—Tranquilizando al ángel. Todo lo que está pasando es culpa de él.

—¿De él? ¿Qué ha hecho?

—¿Se acuerda que le hablé del ángel terrible? Bueno, pues eso. Haga de cuenta que otra vez ataca el ángel terrible, y que su furia está por destruir al mundo…

—¿Otra vez ataca? ¿Qué quiere decir eso?

—Haga de cuenta que le da una pataleta.

—Dime cómo es la pataleta.

—Bueno, es que lo fulmina un corrientazo que lo tira como un muñeco contra la pared, y la espalda que se le encrespa de para atrás, haga de cuenta un espinazo en curva, y que le nace tantísima fuerza que ni Sweet Baby lo puede trincar, y que se hace caca encima y echa baba por la boca, y esos ojos que se le ponen rojos haga de cuenta reventados en sangre, y...

Orlando me hizo una descripción de lo que debía ser un ataque epiléptico, con ese colorido en los detalles y esa precisión excesiva que se estila entre los pobres cuando hablan de enfermedades, y a mí también me fue dando un ataque, pero de angustia y de culpa. Yo lo sabía, yo lo sabía —me lo repetía con rabia a mí misma—, ese muchacho, el amor de mi vida, estaba enfermo, una crisis como ésa era previsible, y yo tan lejos, sin poder ayudarlo, y sobre todo yo tan cómoda, montada en ese cuento absurdo y tranquilizador del ángel, mientras lo único real eran sus gritos, sus convulsiones, su cuerpo aporreado por las sacudidas contra esta tierra, las células nerviosas de su cerebro excitadas hasta el delirio, las pupilas giradas hacia adentro tratando de encontrar alguna explicación en la maraña interior de la cabeza, buscando el interruptor para apagar el tormento.

—¿Le pasa con frecuencia, esto de la pataleta?

—Sí, bastante. Y cada vez peor.

Pensé en Harry Puentes, mi vecino de apartamento, siempre gentil y dispuesto, quien, además de ser médico recién graduado, jamás me negaba un favor. Él tenía un campero Mitsubishi, y tal vez nos podría llevar y acompañar.

A pesar de que lo despertamos y lo sacamos de la cama, Harry accedió, solícito. Encima de la pijama se puso una chompa y unas botas de excursionista y nos tiramos los tres a la noche. A medida que nos alejábamos por la solitaria carretera de Circunvalación, Harry y yo nos íbamos inquietando, porque sabíamos que estaba de moda por esos días atravesar troncos para detener a la fuerza los vehículos, bajar a sus ocupantes y, si estaban de buenas, permitirles seguir viaje a pie, después de suministrarles una dosis de escopolamina. Harry mantenía un arma en la guantera, pero los dos sabíamos también que a la hora de la verdad, y ante las miniUzis de los atracadores profesionales, lo único que podríamos hacer con la pistolita era metérnosla por donde nos cupiera.

Pero esa noche iluminada a relampagones espantaba hasta a los criminales, y nadie nos molestó ni nos atravesó ningún tronco. Aunque hacíamos lo humanamente posible por subir a Galilea, intentándolo una y otra vez por las diferentes vías de acceso, el jeep patinaba, azotado por las ráfagas de viento, y se mecía entre el lodo como un barco borracho. Era una tarea imposible, aun para tres empecinados y un campero Mitsubishi.

A través de los vidrios empañados veíamos cómo la tempestad se abatía contra las montañas con una violencia tan sañuda que parecía humana.

—Son los Siete Golpes de la Ira de Dios —dijo Orlando, temblando de miedo.

—No es sino una tormenta muy recia —quise calmarlo, aunque en realidad ya me parecía estar escuchando legiones de ángeles tocar a rebato las trompetas del juicio final.

—¡Mírenlo! ¿No lo ven? —preguntó Orlando cuando un rayo majestuoso descargó su voltaje sobre la tierra.

—¿Qué cosa?

—¡Allá! ¡Enorme! ¡Con la cabeza tocando el cielo! —gritaba Orlando, fuera de sí.

—Tranquilo, pelao —le decía Harry—. Dígame qué es lo que ve.

—Veo a Mermeoth, el ángel de la tempestad. Mermeoth es el que manda en todos los ríos, todos los mares, y hasta en las lágrimas y la lluvia, mejor dicho en todos los líquidos de la tierra. Así dice en los cuadernos de Ara. ¡Allá arriba está

Mermeoth, y está verraco! ¡Miren! ¡Su cabeza se traga los rayos!

–Vámonos ya –dijo Harry–. Son casi las cinco de la mañana, no podemos hacer nada por el muchacho de allá arriba, y en cambio este niño se nos va a chiflar aquí.

Nos devolvimos a mi apartamento, le agradecí a Harry sus esfuerzos con un desayuno poderoso, y después nos quedamos solos Orlando y yo. Le armé una cama con cojines en el piso junto a la mía, y traté de tranquilizarlo para que durmiera un rato, diciéndole que más entrada la mañana, cuando escampara un poco, llegaríamos a Galilea, le ayudaríamos a la gente y llevaríamos a Harry para que curara al ángel.

–No está enfermo, está poseído por Mermeoth –me aclaró.

Era tal el acelere de Orlando que a pesar de estar extenuado no se podía dormir. Daba vueltas como un condenado, se destapaba, desbarataba la cama de cojines, así que, mientras yo intentaba trabajarle a mis desgrabaciones, que tendría que entregar unas horas más tarde, encendí el televisor y lo puse a ver una película de TV Cable, que inmediatamente lo hipnotizó.

Mientras Orlando miraba a una señora que se quitaba los zapatos para huir de una jauría de perros doberman que se la querían comer, yo, desde mi cama, le acariciaba la cabeza y le preguntaba:

–Orlando, tú eres hijo de Ara, ¿verdad?

–Sí.

–¿Y hermano del ángel?

–Sólo por parte de madre.

–Por qué no me lo habías dicho...

–Crucifija dijo que por estrategia. Desde que me volví guía de periodistas, acordamos con ella que no les diríamos. Así no pensaban que era publicidad, así creían que con lo del ángel yo era imparcial.

–Dime la verdad, Orlando. ¿Tú sí crees que tu hermano sea un ángel?

–Yo sé que es un ángel.

–Y cómo haces para estar seguro, o sea, es que ni siquiera tiene alas…

–No tiene alas porque aquí en la tierra lleva puesto su disfraz de hombre.

No le pregunté al niño quién era su padre. Ya me lo había revelado la pintada en la pared.

*E*l primer caballo es rojo colérico, señor de la guerra. El segundo es negro melancólico, amo de la noche. El cuarto es la yegua blanca de la muerte. Yo, el tercero, soy Mermeoth, el caballo pálido, color desteñido de sol de invierno, señor de tempestades.

Soy Mermeoth, cuerpo equino, cabeza de ángel albino, centauro disuelto en el agua espejeante del cielo. Soy el océano, soy cada gota de lluvia y de llanto. Con mis cascos quiebro lagunas como si fueran reflejos. Me alimento de nieve y mis dientes mastican cristales de escarcha.

No se escuchan mis pasos sobre la noche mojada. Soy el caballo y soy el jinete que atraviesan solitarios los espacios blanquecinos. Perdido entre nieblas busco el estanque quieto, helado, y penetro en él. Caballo pálido hundido en el agua, perdido en el sueño, disuelto en espuma.

Soy Mermeoth y mis venas son ríos. Se hunde mi trote blando por el filo gaseoso y lácteo de la Vía. Con el vapor que sale de mis fosas empaño los ventanales del tiempo.

Soy el caballo anémico coronado por la luna. De ella soy hijo, hecho de su humedad, de su frío sosegado, de la frágil telaraña de su luz. Ella me corona con sus rayos sedantes, sus fulgores claros apaciguan mis nervios crispados. Ella calma mi locura, y soy el ángel lento del galope manso.

La luna queda atrás. Mal augurio. Se paraliza el viento.

Conozco bien la calma que precede al estallido. Descubro en el aire un olor a desastres. Intuyo la tirantez que quiere apoderarse de mí. Sé que estoy a punto de traspasar el umbral.

Delante mío se abre el reino del aura. Plano infinito, metálico, sólido, eléctrico, cruelmente luminoso, sin rastro de sombra que proteja de la luz. Ni una curva, ni una esquina para hacer un alto.

Un vapor malsano asciende de mis miembros y penetra en mi mente. Esta llanura luminosa y sin sombras es anuncio de dolor, y en ella crece el pasto de la demencia.

Quiero dar vuelta atrás y no puedo. Mi galope se hace espantadizo, desacompasado. Mis flancos se enjabonan con la espuma de mi angustia. En mi cabeza se despeja una horrible lucidez. Es el aura, la conozco, la he recorrido ya. No aguanto mis propios pensamientos, que atraviesan mi mente como dardos, concisos y punzantes. Todo recuerdo es nítido, toda idea es insoportablemente exacta. Sé lo que se avecina, y tiemblo.

Quiero protegerme, no resisto los excesos de mi propia inteligencia. Debo apagar esta claridad lacerante, deshacerme de ella, como la mano que suelta el bloque de hielo que la está quemando.

Deseo esconderme de la luz, pero ella sale de mi propia memoria. Esta luz terrible que elimina toda sombra proviene de mí. Huyo de mí mismo, mi galope se vuelve frenético, corro enloquecido, poseso, piso caras y brazos y piernas, aplasto lo que cae bajo mis cascos. Empantano el mundo con babaza espesa, inundo el espacio con mi sudor, derribo montañas y pueblos, masacro a mi paso multitudes.

Pero no hay guarida, no hay escape. Presiento la descarga y me detengo en seco, fruncido, impotente. Permanezco inmóvil y espero. Mi nuca adivina el filo del hacha, un miedo viscoso late en mis membranas. Mis músculos tensos van a reventar, se estira hasta el delirio cada una de mis cuerdas.

Y entonces cae, terminante, el rayo.

Su descarga me fulmina. Su odio me para sobre las patas traseras, templado como un arco, crucificado contra el cielo. Soy un incendio viviente, vomito lava y escupo estrellas en mi desintegración.

Cuando el rayo se apaga, me deja caer. Títere roto de huesos molidos, carbonizado el cerebro. Incinerado por dentro. De mí no quedan sino cenizas de arcángel, que el viento dispersa.

Este desecho oscuro que yace en el suelo, exangüe, soy yo. Mermeoth el Ángel, Gran Señor de las Aguas, ahogado en un charco de sus propios orines.

¿Qué sería del ángel mío? Entre él y yo se interponían una mañana lenta, un tráfico insoportable, las agresiones en el fondo lamentablemente coquetas del jefe de redacción, que se tomó una eternidad para leer el artículo y dejarme ir, el sueño de Orlando, a quien al regresar al apartamento encontré todavía dormido sobre la alfombra. Aunque me ahogaba la ansiedad, sólo hasta las dos de la tarde pude llegar con el niño a Galilea. Harry Puentes no nos acompañó, tenía que trabajar.

Contra toda expectativa, el día en la montaña estaba radiante, como si durante la noche la naturaleza se hubiera purgado de su intoxicación, y el cielo, de un azul ingenuo, ponía cara de yo no fui. ¿Qué había sido de la catástrofe? No se veía por ningún lado. Más bien al contrario, la lluvia había restregado al barrio dejándolo como recién salido de la lavandería.

' Al pasar frente a la iglesia escuchamos la voz del padre Benito que disparaba alegorías por los parlantes. La puerta, que era giratoria, se tragó a Orlando y enseguida lo volvió a escupir.

—Venga, Monita, entre a la iglesia, para que los vea.

—¿Qué cosa?

—Véalos primero, y después le digo quiénes son.

—Ahora no, Orlando, quiero saber qué pasó en tu casa.

—Tiene que ser ya.

Era inútil tratar de zafarse de Orlando cuando empezaba a tironear de la manga, así que más bien le hice caso. En el interior había poca gente, y me llamó la atención un grupo de cinco o seis muchachos parados en la parte de atrás, sobrados de lote, todos de camiseta flotando por fuera del bluyín, tenis de marca y escapularios entorchados en el cuello, en las muñecas y hasta en los tobillos. Le pregunté a Orlando quiénes eran y me dijo que afuera me decía.

El padre Benito enumeraba los poderes increíbles que posee un ángel, mismos que hacen su presencia en la tierra extremadamente peligrosa cuando no se trata de un ángel de luz —el cual nos desca el bien— sino de un ángel de sombra. Cuando salimos continuaba con la lista, que incluía, entre otros, los siguientes ítems, según alcancé a anotar en mi libreta: Un ángel de status mediano está en capacidad de desviar los vientos; arrojar tinieblas sobre el sol; detener los ríos y desbordar las aguas; iluminar las noches y evitar incendios; inducir la escasez y la carestía; transportar los cuerpos de un lugar a otro como fueron transportados Elías, Abacué y san Felipe; dotar de palabra a los animales, que son por naturaleza mudos, tal como un ángel hizo hablar al asno de Balaam; alargarse de un lugar hasta otro sin tocar el centro; penetrar el cuerpo humano, llegando hasta el corazón y la mente.

—¿Los vio? —me preguntó Orlando afuera—. Son ellos. Una pandillita de tercera. Andan por ahí echando pinta y atracando gente con changones fabricados por ellos mismos. Antes, esa banda se llamaba La Pecueca.

—Y cómo se llama ahora?

—Ahora se llama M.A.F.A.

—La misma que firma las pintadas...

—Exactamente.

—¿Qué quiere decir M.A.F.A.?

—Yo tuve un amigo que fue de esos pecuecos, pero ahora está preso.

—¿Un amigo de tu edad?

—Más o menos. La suerte negra de mi amigo fue que le robó el televisor a una señora, con tan mala pata que se lo vendió después a un tío de esa misma señora, que se lo compró sin saber de qué televisor se trataba, pero cuando se dio cuenta se lo devolvió a la sobrina y boleteó a mi amigo y es por eso que está preso, pero el tío de la señora tuvo que irse del barrio porque los amigos de mi amigo no pensaban quedarse con los brazos cruzados, y al fin de cuentas a la señora le volvieron a robar el televisor, pero otra bandola que se llama Los Cachuchos porque operan de cachucha y con la cara tapada, pero para qué si aquí todos los sabemos identificar, el jefe de ellos es un policía que a ratos hace de delincuente y a ratos hace de autoridad.

Los cuentos de Orlando se desenroscaban como serpentinas, unos agarrados de la cola de los otros, hasta que llegamos a Barrio Bajo, y lo que vimos nos dejó con la boca abierta.

De un tajo limpio, sin perdonar ni los escombros, el agua había barrido con cuatro o cinco casas de las de más abajo. El callejón permanecía idéntico a sí mismo, con festones de plástico y todo, sólo que le faltaban casas, como le faltan muelas a una boca desmueletada. Algunos damnificados se sentaban sobre los bultos y trastos que habían salvado, y permanecían ahí, en silencio, poniendo cara de nada, como si hicieran cola para entrar al cine. Otros se instalaban en casas de vecinos menos perjudicados. Todo sucedía lento y en calma, y había en el aire un olor sorprendente a rutina.

—¿Hubo muertos, o heridos? —le pregunté al primero que se atravesó.

—No señorita, sólo destrozos materiales.

Arriba veíamos la casa rosada, aparentemente ilesa, y subimos hasta ella de dos zancadas.

En la puerta, Marujita de Peláez sacaba barro con una escoba, y nos dio la bienvenida.

—Qué bueno que llegaron, pero ya pasó todo. Ahora está acostadito, parece un santo.

—¿Tuvo un ataque? —le pregunté.

—De los peores que se le han visto. El diablo se le entró por el dedo meñique, se le pasó a la muñeca, después le zarandeó ese brazo como si fuera de trapo, hasta que lo tiró contra la pared.

Al entrar a la casa ubiqué enseguida el baúl de los cuadernos. Mucho había temido por su suerte durante la noche, pero allí estaba, sano y salvo después del diluvio, como un arca de Noé, con su tesoro intacto.

En el catre de doña Ara estaba tendido el ángel de mi vida, comatoso, desmadejado, como si le hubiera pasado por encima todo el ejército celestial. Pero más bello que nunca. Era un dios derrotado y caído, pero seguía siendo un dios. Su fulgor vibraba con tanta intensidad, que temí que incendiara la habitación.

Alrededor de él se congregaba una pequeña multitud de admiradores que lo observaba con ilusión, tal vez suspirando para que se decidiera de una vez a subir en cuerpo y alma al cielo. Yo entré en puntas de pies y me paré discretamente en una esquina, pero no pasó mucho tiempo antes de que sus ojos, que me estaban esperando, me encontraran.

Me miró y estiró su mano hacia mí. Con un gesto desfallecido pero seguro, tranquilo, estiró su mano hacia mí. Yo me abrí paso entre la gente hasta la orilla de su cama, milímetro a milímetro mis dedos extendidos fueron hacia los suyos, y en el instante en que se produjo el contacto, sentí que se estremecía el universo y supe que se multiplicaban las galaxias.

Me arrodillé a su lado y le acaricié el pelo, todavía mojado en sudor, y vi titilar en sus pupilas las estrellas profundas que lo alucinaban. Él, aletargado, recién descolgado de la cruz, hilvanaba frases de las suyas, tan extrañas, de una armonía tan sedante, sus frases indescifrables que me iban hipnotizando mientras yo las repetía, y así, de la mano, juntos en el trance, como si no hubiera nadie más, recorrimos las crestas del tiempo hasta llegar a una voz para mí familiar y adorada, una voz que viajaba veinte años y me llegaba ondulante, como una sangre antigua acostumbrada a mis venas. No tuve dudas. Era, inconfundible, la lengua flamenca de mi abuelo, el belga nacido en Amberes, la que ahora brotaba de la boca de mi ángel y que yo reconocía, aunque no supiera bien qué significaba, como tampoco entendí nunca del todo a mi abuelo cuando farfullaba su lengua natal.

Yo sólo quería que este momento se prolongara y que transcurriera así por el resto de mis días, pero de pronto vi, con lo que me quedaba de conciencia, cómo Crucifija repetía un gesto que ya le había visto antes, tomando un espejo pequeño y haciéndolo reflejar de manera intermitente la luz del bombillo sobre la cara de mi ángel. Él salió de su languidez para protegerse los ojos con el antebrazo, y cuando Crucifija trató de impedírselo, Sweet Baby Killer le cayó encima y la aplastó.

—¡¿Qué pasa?! —grité yo.

—¡¿Qué está pasando?! —gritaron todos, sobresaltados.

—¡No la dejen! ¡No la dejen! —gritaba también Sweet Baby, sin darle chance a su víctima ni de respirar.

—¡¿No la dejen que?!

—¡No la dejen que le haga eso con el espejo!

—¿Qué con el espejo?

En esas entró doña Ara, alarmada por la alharaca, y habló con una severidad que hasta entonces no le conocía.

—¡Se salen todos de aquí! Se quedan sólo ellas dos, y la familia. Y usted también, Mona. Ahora, me dicen de qué se trata.

Los demás fueron abandonando el cuarto, y cuando no

quedó ninguno, Sweet Baby Killer le arrancó de las manos a
sor María Crucifija el espejo, y le hizo a Ara la demostración
de la luz.

—Vea, doña Ara —explicó—. Con esto Crucifija le provoca
los ataques al ángel. Desde el otro día me di cuenta.

Ara tomó el objeto y lo contempló perpleja, pero yo, que
sí había entendido, le expliqué:

—Esos ataques que le dan a su hijo, doña Ara, seguramente son ataques de epilepsia. La epilepsia es una enfermedad, y
es espantosa para quien la padece. Lo que quiere decirle Sweet
Baby es que la señora Crucifija sabe cómo inducirle los ataques al muchacho. Es decir, sabe qué hay que hacer para que
le den. La luz intermitente del espejo le dispara a él algo dentro de la cabeza, y empieza a convulsionar.

—Pero… es que no entiendo. ¿Y para qué habría de hacer
algo así Crucifija? —preguntó doña Ara, clavando sus ojos intensos en los ojos borrados de la sor.

—¡Pues para ganar público! —gritó Orlando, que era el
único que faltaba por gritar—. Ella sabe que a la gente le gusta
más cuando hay pataleta.

—Un momento —dijo Ara—. A veces el ataque le da también
cuando sor Crucifija no está.

—Es posible —dije yo—. A veces le viene solo. Y cuando no
le viene, ella se encarga de que le venga. Cada tanto falla,
claro, y la gente sale decepcionada.

Pronunciando cada sílaba, como un juez que dicta el fallo,
doña Ara habló:

—Sweet Baby, de ahora en adelante tú no te le despintas al
muchacho, ni de día ni de noche, y si ves que Crucifija le hace
daño, con el espejo o con cualquier cosa, tú la matas. ¿Oíste?
La matas. Yo te autorizo.

Después se dirigió a Crucifija:

–Y usted, sor Crucifija, debe saber lo que le espera si lo vuelve a hacer. Se lo advierto, la muerte sería lo de menos.

–Perdone que le diga, doña Ara –interrumpí, viendo redonda mi oportunidad–. Pero a su hijo hay que curarlo. Yo sé dónde lo podemos llevar para que lo curen. No es justo que él sufra de esta manera habiendo medicinas…

–Está bien, lo llevamos y que lo curen –sentenció doña Ara–. Pero le advierto una cosa a usted también, Mona. Para que le quede claro. Que el ángel tenga epilepsia, o lo que sea, no quiere decir que no sea un ángel.

–Me queda claro. Que lo alisten, porque me lo llevo. Pero antes, doña Ara, hay un par de cosas que tenemos que hablar a solas usted y yo.

Nos salimos las dos al patio. Ella se sentó sobre el filo del lavadero, exactamente en el mismo sitio donde el lunes por la noche había encontrado yo a su hijo, bañado de luna.

–Ara, tenemos que hablar honestamente, de corazón a corazón.

–A usted siempre le he contado las verdades.

–Pero no todas. ¿Orlando también es hijo suyo?

–También.

–¿Suyo y del padre Benito?

–Mona, trate de entender.

–Yo entiendo, doña Ara. Yo entiendo perfectamente. Pero dígame, sí o no.

–Sí.

–Cuénteme.

Ella retorcía la punta de la falda entre las manos y con los ojos escrutaba el piso, como si buscara monedas caídas. Empezaba a hablar pero se detenía a las dos palabras, y luego volvía a empezar. De pronto pareció decidirse, me miró de frente y lo soltó todo, de principio a fin.

"No fue fácil. Cuando murió el cura viejo mis padres ya habían muerto también. Yo sólo sabía ganarme la vida desempolvando santos y haciendo floreros para el altar. La iglesia era mi refugio, el único lugar donde me encontraba a gusto. Mientras vivió el cura viejo yo pasaba las horas conversando con él, o escuchándolo tocar himnos en el órgano. Él, que en paz descanse, me enseñó a escribir, me enseñó todas las demás cosas que yo me sé, y me daba vidas de santos que yo me leía en un santiamén.

"No había un rincón de esa iglesia que yo no conociera, y que no fuera mío. Me gustaba encaramarme al campanario, sentir que el viento me despejaba la cara y mirar hacia la ciudad. La recorría con los ojos calle por calle, esquina por esquina, imaginando que en algún sitio tenía que estar el hijo mío, y que algún día lo iba a ver, desde allá arriba, y que bajaría corriendo por él.

"También me gustaba el sótano, con su olor a frío y su arrume de santos desnarigados. En las tardes de sol me sentaba en las escalinatas del atrio con un tubo de pomada Brillo y le daba trapo a las patenas, al copón, a los candelabros, hasta dejarlos que cegaban del relumbrón. Ni siquiera el Cristo me disgustaba, ese grandote y sangrante que a todo el mundo le mete miedo. Yo por el contrario sentía que era mi amigo, y le conversaba, le contaba lo que no me atrevía a contarle a nadie más, y le rogaba que me ayudara a encontrar al niño mío. Como está alto, me trepaba en una escalera para limpiarle las heridas, queriendo pensar que así le calmaba en algo el dolor. Cada tanto le quitaba la cabellera, que es una peluca de pelo natural, y se la lavaba con tres juagadas de champú. Después la enrulaba, la secaba con el secador y se la volvía a poner, para que estrenara peinado. El cura viejo me decía, '¿Qué te crees, Ara, que ese Cristo es tu muñeco?'

"En cambio la corona de espinas se la quitaba y la escondía, porque pensaba que mucho era lo que le debía fastidiar. La mantenía escondida hasta que el cura viejo se percataba de su ausencia, y se ponía a gritar, '¡Ara, Araceli, le robaron la corona a Cristo!'. Entonces yo la sacaba del escondite y le decía que no, que la estaba limpiando, para que no se la comiera el óxido.

"Después al cura viejo le dio por morirse, y al padre Benito le dio por venir, y por hacerse cargo de la parroquia y la iglesia, con todo y mi persona adentro. Pero con el padre Benito las cosas no fueron iguales, porque él me impuso un oficio de más, un oficio ingrato de cumplir. ¿Usted me entiende, señorita Mona?"

—Sí, doña Ara. Y de ese oficio nació Orlando, ¿verdad?

"Así es. Entonces las malas lenguas empezaron a murmurar, y el padre Benito a ponerse nervioso, y a decirme que si quería seguir trabajando para él tenía que salir del niño. ¿Se imagina? ¡Decirme esas palabras otra vez a mí, que por culpa de ellas llevaba una vida entera de puro padecer! El padre sabía cómo presionar, porque, ya le dije, yo no conocía más oficio que desempolvar santos, y por fuera de la iglesia el mundo era un misterio para mí. Pero ya estaba yo resuelta, me haría matar antes de dejarme quitar un hijo por segunda vez. Así que abandoné la iglesia y me fui con el niño a rodar por donde me dieran posada, alimentándolo con lo que recogía lavando ropa. Que era demasiado poco, la verdad es que nos estábamos muriendo de hambre los dos.

"El padre Benito esperaba verme definitivamente derrotada para tenderme una mano, imponiendo sus condiciones. Pero yo estaba resuelta, primero morir que volver. La estábamos pasando mal, Orlando y yo. Él iba creciendo y yo siempre con la cabeza en otro lado, pensando en el hijo ma-

yor, el que había perdido. En ese entonces Orlando era el que
se ocupaba de mí, desde muy niño preocupado porque comiera, porque descansara, y me acompañaba, una tarde sí y
otra también, en mis recorridos para buscar a su hermano.
Sus afanes eran tantos que al cabo del tiempo parecía que la
madre mía fuera él.

"Ya desde ese tiempo yo andaba con la obsesión de mis
cuadernos, llevada por el rapto de la escritura, y fue cuando
la vida nuestra se cruzó con la de sor María Crucifija. Ella
leyó mis escritos y les puso interés. Me dijo que trabajara con
ella, ya que yo tenía buena disposición."

—Trabajar en qué, doña Ara?

—De ella decían que era bruja. Tal vez lo fuera, no sé. Lo
cierto es que preparaba emplastos y ungüentos curativos, rezaba casas para espantarles los malos espíritus, le hacía limpias a las personas asediadas por la mala suerte. Crucifija se
ponía sus centavos, y como yo era su ayudante, de eso empezamos a vivir los tres. Más adelante se despejó un pleito que
venía enredando la herencia de mi padre y gané esta casa, en
la que nos fue dado vivir. Después gracias al cielo apareció el
ángel, y el resto de la historia ya la conoce usted.

—Ya veo. Pero usted y Crucifija no se las van bien, doña
Ara.

—Todo es relativo y según el cristal, señorita Mona. Ella
tiene sus empeños de poder, y eso la hace a ratos mala. Pero
también la hace hábil. Fíjese cuántas cosas saludables ocurrieron desde que pactamos sociedad: primero un sueldo para
vivir, después el pleito ganado que me deparó techo, por fin la
recompensa a mi busca, con el hijo mío que milagrosamente
apareció. Ahora hay problemas con ella, usted los ha visto, y
es de ley mantenerla bajo control. Pero también piense que

mis dos hijos y yo vivimos de las limosnas, de las ofrendas y los donativos que ella se las arregla para recoger.

—Perdone que le hable con crudeza, doña Ara, pero así como usted me ha dicho la verdad, yo se la tengo que decir a usted. ¿No cree que esa señora está utilizando a su hijo, quiero decir, que explota el culto del ángel? Eso le puede hacer mucho daño a su hijo, ¿no cree?

—En parte puede que sí, pero en la otra parte, fíjese bien, señorita Mona, y verá que gracias a sor Crucifija mi hijo es respetado entre las gentes de Galilea. Respetado y admirado, y hasta adorado, diría yo. ¿Qué hubiera sido de él si Crucifija no se da cuenta de que es un ángel?

Ante la lógica impecable de doña Ara no tuve nada que agregar. Pero había otro tema que me inquietaba, y era el momento de aclararlo también.

—Otra cosa, doña Ara. Sobre esa pandilla que se llama M.A.F.A. Vi que andaba firmando unas pintadas ofensivas por las paredes, y quiero saber qué tiene en contra de ustedes. ¿Sabe qué quieren decir esas letras, eme a efe a?

—Sí, sí sé. Quieren decir "Muerte al Falso Ángel".

—Me sospechaba algo así. ¿Usted sí cree que estén dispuestos a matarlo?

—Pues hasta ahora, que se sepa, no han matado a nadie. Atracan, sí, y violan muchachas. Pero matar, no han matado. Aunque dicen que hoy andan bravucones y envalentonados con las palabras del padre Benito, que le echó la culpa a mi hijo del diluvio y del derrumbe de las casas, y algo de razón tal vez tendrá, porque fue empezar mi hijo a corcovear, y las casas a rodarse. El padre Benito dijo que la prueba de su responsabilidad es que el castigo cayó sobre Barrio Bajo, donde viven los más herejes.

—¿Y no dice el padre Benito que justamente en Barrio Bajo

están las casas más endebles y el terreno más empinado? –triné yo.

—Razones de esa clase no tienen asidero por aquí.

—Todo esto es muy serio, Ara. ¿Entonces usted cree que ésos del M.A.F.A. cumplen órdenes del padre Benito?

—No. Tanto no. Ellos obran por cuenta propia. Lo que sí creo es que esos muchachos alimentan su alma con la rabia que el padre Benito les tira desde el púlpito.

Ella dejó en mis manos la decisión de llevar al ángel a recibir ayuda médica y fue a prepararle una maizena con canela, por si le apetecía comérsela.

El tal M.A.F.A. era una razón de más para actuar inmediatamente, así que tenía que moverme, y ya. Lo primero que necesitaba era un teléfono.

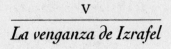

V

La venganza de Izrafel

Por el teléfono de la panadería llamé a Ofelia Mondragón, amiga mía del alma y compañera de colegio, graduada en psicología, quien por las mañanas, en su consultorio privado, ayudaba a niños ricos a alejarse de la droga y a acercarse a sus padres, y por las tardes trabajaba como voluntaria en un hospital de beneficencia para enfermas mentales, comúnmente conocido como el Asilo de Locas. Las locas más furiosas, más pobres y desamparadas de la ciudad iban a parar allá y, en medio del abandono y el despojo de las instalaciones, eran atendidas con una abnegación de santos que, si no las curaba, al menos las consolaba.

El teléfono repiqueteaba una y otra vez con tono desahuciado y yo me cocinaba de impaciencia, hasta que alguien tuvo la caridad de contestar y decirme que me comunicaría con la doctora Mondragón. Pasaban los minutos, por la bocina me llegaban ecos distorsionados que se me antojaban gritos sordos, la ranura se tragaba una moneda tras otra...

Me sentía inquieta así conectada al oscuro mundo de la demencia, como si ésta fuera un virus contagioso que pudiera viajar por el cable y penetrar en mi cerebro a través del oído. Tal vez ese miedo irracional que siempre le he tenido a la locura me viene de la certeza de que tarde o temprano me espera a la vuelta de la esquina. No es sino caminar unas cuadras más, golpear a su puerta y entrar de lleno en ella para no volver a salir, tal como hicieron mi abuela y mis tías maternas, y al final de sus días, por fatalidad hereditaria, también mi madre, víctima de una arteriosclerosis delirante que llenó su cama y su imaginación de enanitos verdes, saltarines y entrometidos como una legión de ranas.

Nadie levantaba la bocina al otro lado de la línea. ¿Y si me había contestado una loca que se había olvidado ensegui-

da de mi petición? ¿Y si la doctora Mondragón nunca pasaba
y no había quién salvara a mi ángel de la burbuja que lo
enclaustraba? ¿Y si la doctora Mondragón pasaba y curaba a
mi ángel y lo despojaba de su poder y de su magia? Me deba-
tía entre colgar y seguir esperando, cuando por fin escuché su
voz.

—Ofelia, estoy con una persona que necesita tu ayuda. Es
una emergencia –le dije.

—¿Puedes traerla? Aquí te espero.

—¿Ya mismo?

—Ya mismo.

A Ofelia la llamaban "la Bella Ofelia". Su frente, su piel,
su nariz, su boca y el óvalo de su cara estaban diseñados según parámetros clásicos de medallón antiguo, pero sus ojos,
inmensos y propensos al llanto, parecían mas bien sacados de
los muñequitos animados japoneses. Más que en su título de
la Pontificia Universidad Javeriana, obtenido con una tesis
sobre la influencia de la luna en los estados depresivos, Ofelia
confiaba en su intuición, tan aguda que le permitía hacer cosas fuera de lo común, como la vez que, estando ella y yo con
otras amigas de vacaciones en una playa, perdió un anillo en
el mar y lo recuperó, ante mis ojos, después de buscarlo un
rato.

Ni Freud ni Jung habían logrado disuadirla de que el azar,
lo inexplicable y lo sobrenatural juegan un papel decisivo en
la vida de cualquiera. Tal creencia la llevaba a invertir parte
de su sueldo en billetes de lotería, a tomar determinaciones
trascendentales de acuerdo con los consejos del I Ching y del
Tarot, a prestar atención a las señales que le enviaba la naturaleza —en particular la aparición de pájaros, que podían ser
buen o mal augurio— y a interpretar después del desayuno los
trazos que marcaba el cuncho del café en su taza.

No cabía duda, la Bella Ofelia era el ser al cual acudir en este caso estrambótico y acuciante que me ocupaba.

Se organizó en Galilea una comitiva de doce mujeres, entre las que no estaba Crucifija, para trasladar al ángel hasta el hospital. Trece personas en total, contando a Orlando, que vendría con nosotras, pero que poco participaba. Andaba cabecigacho y regañado, porque, según me enteré, la noche anterior se había volado para mi casa sin avisarle a nadie y pegándole a Ara el susto de su vida, y en cadena con esa pilatuna había cometido una segunda, al capar colegio esa mañana.

Yo quería que saliéramos enseguida, porque me rondaba el presentimiento de que llegar hasta el asilo no iba a ser fácil. Podía suceder que Ara se arrepintiera, que se interpusiera Crucifija, que le repitiera el ataque al ángel y no lo pudiéramos mover. No más cargarlo en vilo iba a ser toda una epopeya, que nos hubiéramos evitado con el Mitsubishi de Harry, pero ni modo, para qué especular, si el Mitsubishi de Harry no lo teníamos.

Nada que lográbamos arrancar: cuando la demora no era por una cosa era por la otra. Que había que esperar a que Marujita de Peláez le echara comida a sus animales, que mejor darle agua al ángel antes de partir, que fulana tenía que cambiarse los zapatos, que mengana iba a pedir plata prestada y ya volvía. Desde su quietud soberana y arcaica, mi ángel nos contemplaba en nuestros ires y venires como si fuéramos hormigas desquiciadas, y asomaban a su rostro hermoso la perplejidad y dificultad de discernimiento de quien presencia un partido de fútbol en el cual ambos equipos juegan con idéntica camiseta.

Por fin pusimos en marcha la caravana, con el ángel cargado entre cuatro en una parihuela y oculto bajo un toldo de

lona, pero no habíamos dado cincuenta pasos, cuando sucedió. Tal como imaginé, nos cayó encima el problema, Que no
fue el arrepentimiento de Ara, ni la oposición de Crucifija, ni
siquiera otro ataque del ángel. Sino la arremetida del padre
Benito, que subía armado de crucifijo y botija de agua bendita, expeliendo por boca y narices un olor mefítico a treinta
cigarrillos diarios que le empañaba los lentes y le despelucaba
las cejas. Venía en decidido son de guerra, seguido por un
monaguillo y por tres de esos muchachos del M.A.F.A. que
yo había visto en la iglesia.

—Alto —gritó el cura, atravesándose en nuestro camino y
blandiendo el crucifijo—. ¿A dónde creen que van?

—No es problema suyo, padre —le dijo Ara.

—¡Sí que es problema mío! A punta de herejías estás de-
sencadenando el castigo de Dios sobre este barrio, ¿y me dices que no es problema mío? ¿No escarmientas con el diluvio
y el derrumbe de las casas? ¿Cuántos desastres más quieres
causar? —el padre Benito le hablaba sólo a Ara, poniéndole
gran patetismo al reproche. A pesar de la aspereza, el diálogo
delataba esa familiaridad indeleble que persiste entre dos personas que alguna vez han compartido el mismo catre.

—Déjenos pasar, padre —le pidió Ara, con voz demasiado
mansa para mi gusto.

—El muchacho no sale de aquí sin que se le haga un exor-
cismo —dictaminó el padre Benito, dirigiéndose ahora a toda
la comitiva—. ¡Atrás, vuelvan a la casa! Tiene el demonio adentro y se lo vamos a sacar, ¡les guste o no les guste!

Yo no aguantaba más esa mezcla insufrible de oscurantis-
mo, prepotencia y aliento a nicotina. Como una mala sombra
pasó por mi imaginación la figura obscena del cura forzando
a Ara en un rincón de la iglesia, después persiguiendo a sus
hijos para sacarlos del medio y fomentando el odio contra ellos

desde el púlpito. Me invadieron el asco y la indignación y empecé a gritarle que si no entendía que no se trataba de ningún poseso, sólo de un muchacho enfermo, le advertí que nada nos detendría, y lo acusé de cavernario y otros adjetivos que ya no recuerdo. Iba apenas por la mitad de mi arenga cuando me di cuenta, por la sorpresa con que todos me miraban, de que yo ni llevaba velas en ese entierro, ni tenía asignado parlamento en ese guión. Era obvio que a nadie le interesaban mis aportes en ese momento.

El padre Benito sólo tenía ojos y anteojos para Ara, y la reprendía paternalmente, pidiéndole que no siguiera armando problema, y recordándole que él estaba ahí para ayudarla. Hasta llegó a suplicarle que no fuera testaruda y llevada de su parecer.

¿Qué estaba pasando? ¡Lenta de mí! ¡Cuánto me cuesta entender los motivos de la gente! Aquél no era un sacerdote imponiendo obediencia a una feligresa, ni tampoco un hombre odiando a la mujer que lo abandonó, sino un enamorado implorando una gota de atención.

—Hágase a un lado, padre —nuevamente Ara— o salgo de aquí derecho para donde el obispo, a contarle un par de cosas sobre usted.

Tampoco en la voz de ella había verdadero fastidio, más bien rencor, y yo diría que hasta una pizca de coquetería. Pero no importó, las que sosteníamos al ángel de todas maneras sentimos que con esa amenaza ganábamos terreno y que podíamos dar un paso adelante.

—No, Ara. No vas a hacerlo —dijo el cura con acento contundente, y nosotras, las del ángel, dimos un paso atrás.

—Sí, padre, sí lo voy a hacer —otra vez nosotras para adelante.

—Sólo te pido que me dejes exorcizarlo. ¿Qué pierdes con

eso? Si tiene el demonio adentro, se lo sacamos, y quedamos todos más tranquilos, empezando por él mismo… –el tono del Benito era conciliador, y las de la parihuela no echamos ni para adelante ni para atrás.

–Ni muerta pondría un hijo mío en sus manos, padre, porque el único demonio que hay por aquí es usted –varios pasos triunfales hacia adelante por parte nuestra.

El sacerdote se había acercado mucho a Ara y ahora le hablaba casi al oído:

–Un demonio no, Ara, un hombre solo. Un hombre destruido por la soledad –yo también me acerqué para alcanzar a oír, porque no me quería perder palabra–, y la culpa es tuya, Ara, por no querer hacer las cosas como Dios manda…

–No miente su nombre en vano…

Lo que se desenvolvía allí, detrás del conflicto religioso, era una simple y llana pelea de pareja, una pelotera entre las dos partes de un matrimonio roto, una de las cuales persigue con ahínco el arreglo, utilizando la autoridad donde le falla la seducción.

Los tres del M.A.F.A. hicieron amago de posesionarse de la parihuela para alzar con el ángel, pero Sweet Baby Killer los dejó tiesos de un rugido, y les hizo saber con su actitud que les rompería la crisma.

–¡Usted no se meta, señora! –le gritó el cura a Sweet Baby.

–Sí, Sweet Baby –lo respaldó Ara–. Deja, que esto lo resuelvo yo.

–Por la fuerza no, muchachos. No vamos a recurrir a la violencia –ahora era el padre Benito quien calmaba a los suyos.

La pareja de enemigos, incómoda con la presencia ajena, empezaba a dar muestras de que hubiera preferido seguir con su disputa en la intimidad.

—Manda a tu hijo para la casa, Ara, y ven a la iglesia a confesarte. Hay maneras de arreglar las cosas.

—No. Ni tengo de qué confesarme, ni hay nada qué arreglar.

—Después no digas que no te tendí una mano...

—Déjeme pasar, padre. Voy a llevar a mi muchacho al hospital.

—De aquí no me muevo.

—Se lo digo al obispo...

El cura la agarró por la muñeca, y ahora sí, detrás de sus lentes, se vio brillar la impaciencia en sus ojitos de miope.

—No me amenaces, Ara. Dile al obispo lo que quieras, no te va a creer. Además, yo estaba en mi derecho al tener a mi servicio una criada tridentina. La iglesia lo permite.

—¿Así lo llama, padre? ¿Criada tridentina? —Ara soltó su brazo de un jalón.

—Estás llevando las cosas demasiado lejos. Te vas a arrepentir, Ara, ¿me oyes?

—A un lado, padre —la voz de Ara vibraba.

—Me callo la boca sólo porque esta gente se encuentra delante. Pero la cosas no se quedan así, Ara. No, Araceli, créeme que no.

El cura dejó libre el camino, y le hizo señas a sus matones para que hicieran lo mismo.

Les pasamos por el lado, orgullosas y despectivas, con nuestro ángel invicto en su parihuela. Seguimos por la loma hacia abajo, y durante la primera parte del trayecto, o sea la más resbalosa, hasta la parada del bus, Sweet Baby Killer se lo echó ella sola a la espalda, con devoción rendida, agradeciendo a cada paso el privilegio de cargarlo.

—¿No fue tan terrible, verdad, señora Ara? —no aguanté las ganas de decírselo.

—¿Qué no fue tan terrible, señorita Mona?

—Su convivencia con el padre Benito.

Ella se lo pensó un rato.

—No. No tanto. Si no hubiera sido por mis hijos, a lo mejor seguía con él.

En el bus el ángel se sentó solo, aparentemente divertido mirando por la ventana, y la etapa final, desde donde nos bajamos hasta el asilo, o sea unas quince cuadras por territorio de raponeros e indigentes, lo llevamos, por turnos, en la parihuela. Sobra decir que el esfuerzo era brutal: mi ángel parecía hecho de sustancia etérea, pero pesaba más que un bulto de piedras.

El Asilo de Locas era —ya no existe— un sitio tradicional de la ciudad y, a falta de mejor plan dominguero, durante años la gente había armado paseo hasta allá para ver a las locas, como quien visita los camellos del zoológico. La falta de respeto con las internas motivó que el director mandara colocar un célebre letrero tallado en piedra sobre la puerta de entrada: "Está usted en los predios de las enfermas mentales. Esperamos que su conducta sea tan razonable como la de ellas."

Ahora habían prohibido los paseos y las visitas sin previa autorización, pero el letrero seguía empotrado en el dintel, y nosotras, las de la comitiva de Galilea, le pasamos por debajo con nuestro ángel encubierto por el toldo. Doña Ara parecía segura y no daba muestras de querer dar marcha atrás; yo, en cambio, me deshacía en dudas. Sentía que estaba enrutando arbitrariamente el destino del ángel por mis propios cauces y apartándolo de los suyos, y temía los resultados. Tal vez mi afán de organizar todo según mi racionalidad era el alfiler que podía estar a punto de pinchar el gran globo de un sueño, quizá el único sueño de mucha gente.

Me detuve un instante para pedirle su opinión a Orlando, en cuyo criterio había aprendido a confiar.

—¿Crees que hacemos bien trayéndolo aquí?

—No sé.

—¿Cómo, no sabes? Será la primera vez que no sepas algo.

—No sé —repitió Orlando, quien, una vez fuera de los confines de Galilea, no dominaba ya las situaciones.

Delante de nosotros se abrió un corredor de baldosín, de esos baldosines pequeños, de seis lados, que cada tanto se vuelven oscuros y forman una como flor, tan comunes en mi infancia y que ya no se ven. La casa de mi abuela tenía patios con baldosines idénticos. Me refiero a mi abuela materna, de quien ya conté que acabó loca. ¿Habría alguna relación? ¿Serían esas florecitas de hexágonos, repetidas al infinito, el patrón que escondía la clave de la locura?

Una asistenta social, a quien le preguntamos por la doctora Mondragón, nos invitó a sentarnos en un banco de iglesia que había a un costado y a esperar. Nos acomodamos en fila sobre el banco indicado, apretadas, con las manos sobre las rodillas, como huérfanas que van a hacer la Primera Comunión, y así esperamos largo rato.

El ángel dormía, yo me dejaba llevar por recuerdos agridulces, y Orlando, con una navaja, se había dado a la tarea inútil de sacarle punta a uno de los palos de la parihuela.

Como nos quedamos lelos mirando a una señora que con despropósito de gestos limpiaba el piso, dotada de trapero y balde de agua jabonosa, la trabajadora social nos explicó:

—Ella es una de las internas. Cuando muestran buena conducta las ponemos a trabajar, para que se mantengan ocupadas.

Esperamos otro rato. Mi ángel había medio despertado y

sonreía confiado, sumido en los vapores de su duermevela.
¡No sabía que yo, como Judas, estaba a punto de entregarlo!

"Es por su bien", me repetía a mí misma, "por su bien y
por el mío."

A pesar de que nunca he creído demasiado en la medicina, y menos aún en la psiquiatría, en el fondo de mi alma
tenía el convencimiento de que esta vez ocurriría el milagro,
que la cortina se iba a descorrer ante la mente turbada del
ángel, y que veríamos brillar su inteligencia. Al mismo tiempo me espantaba constatar mi propia mezquindad, mi menta-
lidad tan clase media: prefería que mi amor se convirtiera en
un hombre común y corriente, a que siguiera siendo un ángel
espléndido.

Detrás de un escritorio, la trabajadora social se ocupaba
de anotar cosas en una agenda, cuando la sacudió el grito de
Orlando:

—¡Oiga! ¡Señorita! ¡La señora de la buena conducta se
está tomando el agua del balde!

Era verdad. La trabajadora social se le acercó y la regañó,
repitiéndole, con menos poder de persuasión que una mamá
que quiere que su hijo se coma las verduras:

—Imelda, no se tome esa agüita sucia, mire que la última
vez le hizo daño y se enfermó, ¿ se acuerda? Deme el balde,
Imelda…

Imelda se mostró descontenta de que le interrumpieran el
refrigerio y se lanzó sobre la trabajadora social. Mínimo le
hubiera sacado los ojos si Sweet Baby Killer no la sujeta,
hasta que llegaron un par de enfermeros y se la llevaron. La
pobre trabajadora social quedó muy alterada, lo mismo que
nosotros, aunque sólo habíamos presenciado la escena.

Todavía no nos reponíamos cuando apareció en el fondo
del corredor la Bella Ofelia, un tanto despeinada, con la bata

blanca de doctora manchada de alguna medicina amarilla, vistosas y aristocráticas en el lóbulo de sus orejas un par de amatistas heredadas de la bisabuela.

—Esto aquí es agitado —me dijo a manera de disculpa por su demora, mientras se sacudía la bata y trataba de componerse el pelo.

—¿Dónde está? —me preguntó, después de darme un abrazo.

Yo le señalé el toldo, que habíamos cerrado cuando lo del balde para evitarle al ángel el sobresalto, y Ofelia levantó la lona. Con el torso erguido y apoyado sobre un codo, como un rey etrusco sobre su catafalco, apareció mi moreno: macizo, suntuoso, expuesto en todo su esplendor.

La Bella Ofelia lo contempló un momento en silencio y dijo con un suspiro:

—¿¡Quién es esto tan divino…!?

Después, mirándome, añadió con la voz de quien no sabe si sueña:

—Parece un ángel…

—Bueno… Es que es un ángel.

—¿Es peligroso? —me preguntó pasito, para que no oyeran los demás.

—No creo. Sólo desencadena las fuerzas de la naturaleza…

—¿De dónde lo sacaste?

—Del barrio Galilea. Estoy escribiendo un artículo sobre él —quise sonar impersonal.

—Hola —le dijo Ofelia al ángel, pero él la miró desconcertado y no contestó.

—No habla —le aclaré.

—¿Y tampoco camina? ¿Por qué lo traen en esa camilla?

—Sí, sí camina, pero acaba de sufrir un ataque epiléptico, creo, y viene extenuado. Mira, Ofelia, ella es su madre, la

señora Ara; éste es su hermano Orlando; éstas son personas
del barrio que lo acompañan y lo cuidan…

—Mucho gusto, encantada, mucho gusto —saludó a todo el
mundo—. ¿Qué quieren que hagamos?

—Queremos que nos digas qué tiene…

—Habría que internarlo unos días.

—Estamos dispuestas a dejártelo —me adelanté yo, sin
saber qué opinaría la señora Ara.

—Lo que pasa —me dijo Ofelia— es que este hospital no es
para hombres…

—Es verdad. Bueno, se dice que los ángeles no tienen sexo,
¿no?

No fue difícil convencerla de que por esta vez se saltara el
reglamento y se hiciera cargo de mi ángel. Se cerró la lona
que lo ocultaba y la parihuela fue alzada por los enfermeros
de antes, que se lo llevaron hacia las profundidades del corredor. Cerrando el cortejo, los demás fuimos penetrando, flor a
flor por el baldosín, en ese mundo tan conocido para mí y a la
vez tan temido, de las personas devoradas por angustias que
no pueden descifrar ni pueden compartir.

Del recorrido que hicimos recuerdo con particular intensidad un huerto que atravesamos en cierto momento, donde
experimenté la sensación clarísima de estar en el limbo. Unas
mechas verdes, tal vez cebollas, crecían irregulares en cinco o
seis surcos de tierra negra rodeada de muros altos. Estábamos dentro de un rectángulo recortado en el espacio, cuyo
techo era un pedazo de cielo blanco, espantosamente cerca-
no. Dentro de ese rectángulo de tiempo detenido vagaban unas
mujeres de movimientos lentos, desprovistos de propósito, que
sostenían en la mano una pala de plástico que enterraban una
y otra vez en la tierra, con infinita paciencia, con resignación

absoluta, sin enterarse de las cebollas, sin saber para qué ni por qué.

Ofelia me explicó que eran pacientes que sufrían crisis frecuentes de agresividad, que generalmente llegaban frenéticas al asilo después de pegarle a medio mundo por la calle con un palo, que la policía las traía de las mechas y las tiraba en la puerta, y que era necesario mantenerlas sedadas con altas dosis de calmante.

Siempre había creído que la locura debía tener un olor intenso, una emanación inconfundible, pero no es así. El asilo desconcertaba porque no olía a nada, absolutamente a nada, ni siquiera a mugre. Yo caminaba como sin pisar el suelo por entre ese universo lento e inodoro, y le iba contando a Ofelia lo que sabía de la historia del ángel, omitiendo, desde luego, la parte que tenía que ver conmigo, y haciéndole mi diagnóstico irresponsable de lega en psicología.

—Creo que tiene epilepsia —le dije— y que anda hundido en alguna forma de autismo, o de incomunicación profunda, que le ahoga una inteligencia sobrenatural. Habla varias lenguas, de eso estoy segura, y cuando estás con él tienes la impresión de que comprende más profundamente que tú.

—¿De veras crees que es un ángel? —soltó de pronto.

—Si te digo que sí, ¿me internas a mí también?

—Te pregunto en serio —Ofelia se reía.

—Juzga por ti misma.

Me pidió que se lo dejara unos quince días. Lo tendrían aislado para hacerle un electroencefalograma y otros exámenes, lo observaría atentamente ella misma y le pediría la opinión a los psiquiatras.

—¿Qué quieres, que te lo deje aquí, solo?

—Es lo mejor.

Doña Ara se opuso, muy afectada, porque era la primera

vez que se apartaba de su hijo desde el reencuentro, y terminó accediendo sólo por cuatro días, después de que Ofelia le juró por Dios que le daría una atención especial y que el domingo, al cumplirse el plazo, se lo devolvería, fuera lo que fuera. Ara me miró, como exigiendo que yo corroborara el compromiso, y yo le estreché las manos, asegurándole que podía estar tranquila.

Abandonamos al ángel en el corazón del laberinto. Se cerraron las rejas, se alargaron los corredores, y en la puerta nos despedimos. Doña Ara se quedaría un rato más en el asilo, por solicitud de Ofelia, que necesitaba conversar con ella. La otra gente de Galilea tomó su rumbo, y yo el mío. Ya sin él, no teníamos un lugar común a donde ir.

*R*ecuerdo, y mi recuerdo es ira. Quien despierte mi memoria, desatará mi venganza.

Si revive los ríos oscuros que ha navegado, este joven celestial que duerme inofensivo a tus pies se convertirá en el Rey Horripilante, y en su garganta bramará el rencor.

Si me rozan la frente las alas del pasado, perderé la calma de mis párpados, la transparencia de mi sueño, la quietud del alma.

No debo recomponer el acertijo de lo que fue. Como la alimaña que enloquece con el olor de la sangre, los recuerdos harían estallar mis venas.

Deja que la nada blanquecina y espesa cubra como una sábana el paisaje ya cancelado de lo vivido. Que toda sombra, todo perfil, todo claroscuro se desdibuje bajo la intensidad encandilada del mediodía.

Déjame olvidar, que con el olvido vendrá la ceguera, y también el perdón.

Que no despierte en mí Izrafel, el temible, Ángel de Venganza; que el aborrecimiento no le haga desenvainar su espada.

Que no extienda yo, Izrafel, mi mano punitiva sobre la ciudad culpable, porque no sobreviviría ninguno de sus habitantes, ni los hijos de éstos, ni los hijos de los hijos, y ni siquiera sus perros.

No desconozcas el filo de mi espada, porque para ella la vindicta es un deber sagrado, y ha descendido por tres veces sobre la noche de la humanidad. La primera noche desoló la ciudad de Jerusalem, decapitando sesenta mil hombres del pueblo de Israel, desde Dan hasta Bersabée. La segunda noche cayó sobre el campamento dormido del rey asirio y mató ciento ochenta y cinco mil de sus hombres, dejando sus cadáveres expuestos a las brumas del amanecer. La tercera y última noche degolló a los primogénitos de los egipcios. La cuarta noche, viendo esparcido el horror por el universo, el Señor mi Dios, comandante en jefe de los ejércitos celestiales, se apiadó de sus siervos, y ésta fue la orden que recibí de su voz cansada: "Basta, Izrafel, Ángel de Exterminio, retira ya tu mano, envaina tu espada. La ira de tu Señor está saciada."

¿Si llegada la quinta noche reconociese yo la nueva hora del castigo, y desenvainase, quién podría soportar el despertar de la gran cólera? Todo el fuego, el granizo, el pedrisco, las ratas, los dientes de las fieras, el veneno de escorpiones y serpientes, todos los incendios, las llagas de la lepra, las sogas del ahorcado, todo castigo descenderá, y por mí será ejecutado.

Soy Izrafel y he olvidado mi cometido y mi nombre: No quieras que los recuerde.

Le cobraría a la ciudad homicida una lluvia de sangre por cada injuria recibida. Sería tal mi desenfreno, que los descendientes de los hombres preferirían morir, y perseguirían a la muerte, y ella huiría de su alcance.

Soy Izrafel, atesoro ofensas y estoy lleno de dolor. Fui el de la herida abierta, y teñí de rojo las aguas cuando me bañé en los ríos. Mi tristeza fue más vasta que el cielo.

No despiertes aquello que reposa debajo de mi piel. Déjame ser ciego, y sordo, y mudo; déjame ser inocente, ignorante e ingenuo. De lo contrario seré un asesino.

Soy Izrafel, y he perdido el recuerdo. No me alientes a buscarlo, porque el tumulto del pasado anegaría la paz del presente, reduciendo a cenizas la ciudad que abajo se extiende.

No hagas sonar la campana que alerte mis sentidos, deja que siga invernando la bestia herida que hay en mí.

Me siento en el último rincón del cielo, encogido sobre mí

mismo, con el alma cancelada y los ojos apretados para ignorar lo que pasó. Huyo de mí mismo y de mi propia historia, escondiéndome dentro de mí.

Soy Izrafel: No me convoques, no me exacerbes, que encontrarás en mí al implacable.

Así, quieto y ausente, estoy bien. En el color blanco encuentro el reposo. Déjame dormir. Déjame flotar. Sólo quiero navegar en las aguas insípidas del olvido.

Buscando el pasado de mi ángel, creí encontrar el cielo, y fui a parar al infierno. El recorrido hacia atrás en el tiempo empezó al amanecer del día jueves, estando yo dormida. Me andaba soñando el más fastidioso de mis sueños recurrentes: que iba a comer a casa de mi madre —muerta hace años en la vida real— y que ella ponía delante de mí muchos platos y bandejas que no contenían alimentos. Yo trataba de explicarle, sin que se ofendiera, que no podía comer, porque ahí no había nada, cuando me despertó el timbre del teléfono. Era la Bella Ofelia.

—¿Sucedió algo? —le pregunté sobresaltada, y todavía medio enredada con las bandejas vacías de mi madre.

—Todo está bien. Tu ángel pasó la noche tranquilo, y esta tarde lo llevamos a un centro médico a hacerle los exámenes. Te llamaba para comentarte una cosa. Un detalle. Puede ser verdad o mentira, no sé. Tal vez te interese.

—Claro que me interesa. Dime.

—Se trata de una interna del asilo. Se llama, o se hace llamar, Matilde viuda de Limón. Me gustaría que hablaras con ella. Ayer me aseguró que había visto antes a tu ángel.

—Habrá sido en el barrio Galilea.

—Eso es lo raro, que no fue allá.

—¿Dónde, entonces?

—Prefiero que lo sepas por boca de ella. Ve al asilo, y pídele que te cuente.

—¿Me estás sugiriendo que me entreviste con una loca?

—Padece una esquizofrenia paranoide.

—¿Y si me inventa una historia delirante?

—Se corre el riesgo. Pero quién quita que te dé una pista. Sería muy útil conocer algo del pasado de ese muchacho.

Mientras hablaba con Ofelia, estuve varias veces al borde

de preguntarle, como quien no quiere la cosa, si ya que iba hasta el asilo, podía, de paso, hacerle una visita al ángel. Pero me mordí la lengua para no hacerlo, primero, o sea segundo, porque estaba segura de que me iba a responder que mejor no, y primero, porque me moría de vergüenza de que sospechara siquiera que lo mío por él era amor perdido, y no caridad, ni solidaridad humana, ni siquiera interés profesional.

Una hora más tarde, salía rumbo al manicomio en el jeep de Harry Puentes, quien, motivo viaje, me lo había prestado por una semana, a cambio de que durante su ausencia regara las matas de su apartamento y le echara alpiste a un canario poco canoro que mantenía en la cocina. ¿Contarle mis cuitas a doña Matilde viuda de Limón, la esquizofrénica paranoica? Y por qué no. Al fin y al cabo, hacía más de setenta y dos horas que yo habitaba de planta en el reino de la insensatez.

Esta vez sí estaba presente el olor. Una mezcla de habas hervidas con vitamina B y orines rancios, persistente a pesar de la creolina, que trataba de taparlo y no podía. Entrar al manicomio me golpeó aún más que el día anterior; quizá saber que el niño de mis ojos estaba enclaustrado en este lugar, y no campeando como un paladín por su monte verde, hizo que lo viera en toda su sordidez.

Fui a buscar a Matilde al patio de las crónicas. Era un escenario extravagante, con ropa tendida, materas, gallinas y otros remedos de cotidianidad, donde cada mujer representaba por su cuenta su propio drama desquiciado, y al mismo tiempo todas contribuían a un solo clímax sostenido, de tensión extrema.

De la corte fellinesca del patio no puedo borrar de mi memoria a una anciana con los pechos afuera que apretaba en la mano un ratón vivo, a otra mujer, muy ejecutiva, que me informó que era la representante legal de los frutos cítricos para América Latina, y sobre todo a una joven esbelta, envuelta en una cobija, que decía ser, no se me olvida, santa Tomasa Melaza del Niño Jesús de Praga. La trabajadora social me condujo donde Matilde viuda de Limón, una señora de cincuenta, o sesenta años, que andaba vestida como para carnavales, con pañuelos y trapos de colores amarrados a la cintura, a la cabeza y al cuello. Al principio se mostró entradora y dicharachera.

—¡Qué vestido más bonito! —le gustó una chaqueta de gamuza que traía yo puesta—. Me lo debía regalar. Yo tengo uno igual, pero aquí no, en mi casa. Es que yo no vivo aquí, ¿sabe? Yo tengo una casa de campo. Inmensa, lujosa. No como esto. Mañana me voy para mi casa, y ya no vuelvo más por aquí.

—Qué bueno, me alegro mucho.

—¿Usted es doctora?

—No señora, sólo vengo a conversar con usted.

—Eso dicen todos, que es a conversar con uno, y lo están espiando, para dejarlo aquí encerrado de por vida —el tono de su voz se empezó a agriar.

—Antes de venirse para acá, Matilde, ¿usted vivía en su casa de campo?

—Yo no me vine, a mí me trajeron. Y ahora me quiero ir.

—Pero aquí hay una gente muy buena, que la cuida…

—No crea, es que se hacen, pero no me dejan estar con mi paloma. Yo tengo una palomita muerta, que murió cuando se derrumbaron todos esos muros de allá, y me hicieron enterrarla, los hijueputas. ¿Se imagina? Dizque enterrarla. Por eso me quiero ir.

—No tiene amigos en este sitio? —yo buscaba por dónde entrarle al tema que me atañía, antes de que a Matilde la agarrara de lleno la persecuta.

—¿Amigos? Cómo quiere que tenga amigos, si aquí todos están locos.

—Me cuentan que ayer vio a un muchacho que ya conocía.

—Es mi novio. Yo me arreglo así, con todas estas joyas —Matilde me mostró, orgullosa, sus trapos— y los hombres se enamoran de mí. Pero el sacerdote ese que viene no me deja tener novio, me lo prohibió terminantemente, porque dice que es pecado mortal, y lo que pasa es que él tiene envidia de mí, porque yo sí soy mujer, y él sólo es modoso, si lo viera, tratando de acariciarle las manitas a los hombres, ay, sí, cómo no, ésa es la pura verdad, pero a mí me castigan si la digo.

—¿Se acuerda cómo se llama el muchacho que vio ayer?

—¿No tiene una peinilla que me regale? Ése es el problema, que como no me dejan tener peinilla, ni cepillo, ando toda despeinada, mire estas greñas, no hay derecho de que lo tengan a uno así.

Busqué un peine que cargaba entre la cartera y se lo di. Durante un buen rato estuve tratando de hacerla hablar de lo que me interesaba, pero cada vez volábamos más lejos, y la expresión de su cara era más amarga, y su angustia mayor. Hasta que Matilde viuda de Limón se soltó a llorar a mares, y yo no sabía qué hacer para consolarla, cada cosa que le decía era para peor. Afortunadamente llegó a socorrerme uno de los estudiantes de psicología de la Universidad Nacional que hacían sus prácticas allí, le quitó con suavidad el peine, que ella retorcía agónicamente entre las manos, a mí me dijo que era mejor suspender por hoy la visita, y para alivio mío se la llevó.

La otra trabajadora social, la del escritorio de la entrada, me prestó su teléfono, y llamé a la Bella Ofelia a su consultorio. Contra su costumbre, contestó en horas de trabajo.

—Doña Matilde viuda de Limón no quiso decirme nada —le conté.

—¿No te habló de tu ángel?

—Ni media palabra.

—Y ayer era su tema favorito. Si tienes una hora libre, almorzamos juntas.

Quedamos de encontrarnos en Oma del norte, a la una y media. En el jeep del bueno de Harry salí disparada para *Somos*.

Como tema para mi próximo artículo, me endilgaron la dieta de los triglicéridos, en boga por esos días, que consistía en comer sólo proteínas, nada de azúcares ni harinas. Al respecto —ordenó mi jefe— debía entrevistar, entre otros, a Ray Martínez, galán de la miniserie *Noches de tormenta*, quien decía haber perdido trece kilos con ese método. Eran las diez y media, así que alcanzaba a despachar a mi ex gordo antes de la cita con Ofelia.

Ray Martínez me recibió en toalla, al lado de su tina de burbujas, mientras una masajista le aplicaba un frote japonés en los omoplatos. Era increíble que ese señor hubiera logrado una figura tan atlética repletándose de chinchulines, fritanga y tocineta. Le soltó a mi grabadora un rollo fluido sobre la problemática de los alimentos, el budismo zen y los kilos, y mientras tanto yo pensaba en otra cosa. Trataba de adivinar qué sabría Matilde de Limón sobre mi ángel.

Ofelia y yo llegamos al tiempo a Oma, que estaba lleno de gente, y tuvimos que esperar a que nos adjudicaran mesa. Además nos enchufaron música ambiental, así que había que conversar a gritos.

—Me voy a comer estas bolas de mantequilla —amenacé, ensartándolas en el tenedor.

—¡Qué haces!

–¿Sabes a quién conocí hoy? A Ray Martínez. Se adelgazó comiendo grasa.

–La dieta de los triglicéridos. Dicen que funciona.

–Mejor la de mi mamá, que consiste en comer de unos platos vacíos.

–¿Te has vuelto a soñar la pesadilla esa?

–Anoche otra vez. ¿Crees que signifique algo? ¿Que me quedó faltando afecto materno, algo así?

–Debe ser más bien que te estás acostando con hambre.

Nos trajeron dos sopas hirvientes de cebolla, y mientras peleábamos contra el queso derretido, que se estiraba de un modo inmanejable, Ofelia se animó a ir al grano.

–En el frenocomio de la cárcel de La Picota. Allá dice Matilde que conoció a tu ángel.

–Qué cosa es un frenocomio –pregunté, sintiendo agujas clavadas por dentro, pero tratando de dar a entender que el tema me afectaba, aunque no mucho.

–Una cárcel para locos. El de la Picota es un lugar aterrador.

–Barájamela despacio. Dime qué fue exactamente lo que te dijo Matilde, y qué tanto se le puede creer.

–Como te dije, ella tiene ratos de lucidez, y por lo que ha ido contando conocemos algo de su historia. Parece ser que su marido estuvo preso, si es que no lo está todavía, en ese frenocomio.

–El señor Limón.

–Sí. Matilde fue a visitarlo todas las semanas durante años, hasta que se le zafaron las tuercas a ella también. Apenas vio a tu ángel empezó a gritar que lo conocía, que ese muchacho era compañero de patio de su marido.

–¿Mencionó su nombre?

–El Mudo. Dijo que le decían El Mudo.

Ofelia salió para su asilo, y yo llamé a una secretaria buena persona de *Somos* y le pedí dos cosas para el día siguiente: una cita con una experta nutricionista famosa por hablar mal de la dieta de las grasas, y un permiso para visitar el frenocomio de La Picota.

Aprovechando el jeep de Harry, arranqué para Galilea. Orlando ya debía estar de vuelta del colegio.

—Orlando —le rogué, mientras lo invitaba a gaseosa y Frunas en La Estrella—, dime todo lo que sepas de tu hermano. Tenemos que reconstruir el rompecabezas de su vida, ¿entiendes?

—Eso está todo en los cuadernos de mi mamá.

—Quiero saber otro tipo de cosas. Por dónde anduvo de niño, por ejemplo.

—Es un misterio, como el pasado de Cristo, que nadie sabe cuál fue.

—Trata de entender. Tú eres muy inteligente. ¿No crees que debe ser horrible no tener un pasado?

—Uy, sí, sumamente horrible. Yo vi por la tele una película de un señor que quedaba con amnesia después de un accidente, y ya no reconocía ni a su esposa ni a sus hijitos, y entonces ese señor…

—Otro día me la cuentas. Ahora piensa. Tiene que haber alguien que sepa algo y nos pueda ayudar.

—Y entonces ese señor agarró a caminar como loco por esas calles, y su esposa creyendo que…

—Orlando…

—Está bien, pues. A ver… A ver… Bueno, pues serán las Muñís.

—¿Las Muñís?

—¡Lógico! Ellas saben todo, pero todo lo que pasa en este barrio, ¿no ve que son adivinas?

—Para eso no tienen que ser adivinas, basta con que sean chismosas.

—¡No, que va! ¡Óigala! —Orlando estiraba la trompa, a la manera bogotana, para expresar su fastidio ante mi falta de sentido común—. ¿No ve que también saben lo que va a pasar mañana? ¿Y el año entrante? ¡Eh!

—Está bien. Llévame donde las Muñís.

—¿Tiene billete, Mona?

—Algo, ¿por qué?

—Así les decimos que usted va es a comprarles mermelada, con eso no sospechan...

Las Muñís, Chofa y Rufa, no vivían en Barrio Bajo, sino en lo fino de Galilea, a dos cuadras de la iglesia.

—¡Señorita Chofa! ¡Señorita Rufa! ¡Que si tienen mermelada para la venta! —les gritó Orlando, y se les fue colando a la casa.

Yo me quedé esperando en la calle, dejándome ganar por la borrachera de la altura y disfrutando de un espléndido gran angular de la ciudad, apenas enturbiado por los jirones de calima.

A mis narices fueron llegando por tandas diferentes olores a comida, uno tras otro como la lista de platos en un menú, tan precisos que me permitían adivinar qué cocinaban para la cena en cada una de las casas de la cuadra. En la azul de la esquina, por ejemplo, era seguro que guisaban plátano, en la del rosal junto a la puerta fritaban carne, en la del frente habían puesto a hervir algún caldo con cilantro.

Pasó frente a mí un burro cargando leña, y otro cargando lavaza. Después un par de muchachos que le echaron miradas ganosas a mi chaqueta de gamuza, o tal vez a mi persona, no me quedaba claro. Me dijeron mamacita linda y siguieron de largo, y por fin vi a Orlando que volvía por mí.

Las Muñís estaban entregadas a la fabricación masiva de cascos de limón en almíbar, entre pailas de cobre, sobre la estufa de carbón. Era toda una industria la que tenían montada en su cocina, en medio de hervores y olores, con fruta fresca almacenada, frascos de segunda a los que había que rasparle la etiqueta del producto original, frascos ya hervidos y listos para envasar, kilos de azúcar, cuchillos, cucharones y coladeras, las dos Muñís que rebullían y revolaban, retirando una amargura aquí y echando una pizca de bicarbonato allá, y por último las hileras de productos ya terminados: mermelada de mamey, dulce de papayuela, jalea de guayaba, tomate de árbol en conserva, y hasta icacos en almíbar. Cristo Jesús, no veía yo icacos desde la casa de Mamá Noa, mi abuela, donde a cada nieto le servían su ración en una coca de porcelana inglesa, cinco o seis icacos, algodonudos, redondos, lilas. Les chupábamos la pulpa y se desataba la guerra por los corredores (ésos de baldosines que ya mencioné) y por las escaleras, con las semillas peladas, ¡zas!, al que se descuidaba le encajaban su pepazo en la cabeza, y mientras tanto en la habitación la abuela viajaba por el tormento de esa arteriosclerosis que irrigaba su cerebro con gotas de sangre demasiado espesas, y la hacía arder de ansiedad por el regreso del abuelo ya muerto y la obligaba a sacudir con fastidio tantas y tantas hojas secas que no cesaban de caer sobre su cama.

Las Muñís, que se percataron de mi estado de trance ante los icacos, me preguntaron si quería probarlos, y antes de llevarme el primero a la boca volvió neto a mi memoria ese dulzor suyo, medio desteñido, que resumía toda mi niñez.

Las Muñís resultaron un par de brujas estupendas, ambas de delantal con bolsillos grandes, como el de Mamá Noa. Rufa guardaba silencio y escuchaba, y en cambio Chofa, descolgada de cadera por defecto de nacimiento, era parlanchina como una cotorra. Después de los icacos nos sirvieron brevas, y moras, y albaricoques, y una cucharadita de arequipe casero, mientras ellas, paradas al lado con los brazos en jarras, esperaban que Orlando y yo les alabáramos sus manjares. Les compré de todo: cargué en el jeep de Harry una caja llena.

Mientras tanto conversamos. Para que Chofa contara lo que sabía de la historia de mi amor el ángel, no hizo falta sino preguntárselo. Pero primero quiso que se fuera Orlando, y le dio una propina para que le trajera un mandado de la tienda.

—Es mejor que el niño no oiga —me dijo cuando él salió, muy a regañadientes.

Lo primero que me aclaró Chofa Muñís es que el padre de doña Ara, Nicanor Jiménez, había sido alcohólico.

—Mandaba mucho y hacía poco; era una bestia sin sentimientos y repleta de aguardiente, de ésas que se dan silvestres en este país. La única solución que tenía para cualquier problema era sacarse el cinturón y darle rejo a alguien, al que fuera, empezando por su mujer. Ella, la pobre, se llamaba Lutrudis, y no era mala, pero tenía el espíritu de un animalito asustado.

—Nicanor Jiménez fue el abuelo que le regaló el ángel a los gitanos —dije yo.

—Eso es leyenda, nunca se lo regaló a ningunos gitanos. Era una manera de decir: cada vez que un niño se perdía, la gente decía que se lo habían llevado los gitanos. Lo que hizo fue entregárselo a una querida que mantenía en el barrio La Merced, para que lo criara. Esa mujer, que era una perdida, levantó al niño sin amor, casi sin hablarle, a duras penas cumpliendo con la comida para mantenerlo vivo. Pero el niño iba creciendo y era muy hermoso, muy dulce a pesar de todo, y jugaba en su rincón con un tarro, o un palito, cualquier cosa era suficiente para él. Así pasaba horas y horas sin poner pereque, dicen que jamás se lo oyó llorar. Tal vez fue cuando el abuelo lo vio tan lindo que se le ocurrió el negocio.

—Entonces sí lo vendió…

—Pero no a los gitanos. No sé cómo se enteró de que un par de extranjeros ricos, gente ya de edad, quería un niño colombiano en adopción. Agarró a su nieto, le compró ropa y se lo llevó unos días para su casa, a que la abuela Lutrudis lo bañara y lo alimentara, porque la criatura andaba sucia, pelilarga y desnutrida.

—Y si el niño fue a la casa, ¿cómo no se enteró Ara?

—Don Nicanor hizo coincidir el asunto con una semana de retiros espirituales que Ara tenía todos los años en un convento de Boyacá, a los que no podía faltar. Cuando volvió ya encontró el rastro frío, y nunca supo siquiera que su hijo había pasado por ahí.

—¿Cómo es que nadie se lo contó? Perdóneme que le pregunte, doña Chofa, y a usted también, doña Rufa, ¿pero si ustedes supieron, cómo no le contaron a esa pobre mujer, que andaba loca buscando a su hijo?

—Por esa época nosotras vivíamos muy lejos de aquí —intervino Rufa por primera y última vez—. Ni conocíamos tan siquiera a nadie de esas personas. Todo esto que oye son los cuentos que mi hermana se vino a inventar después, de oídas, porque a nosotras nada de eso nos consta.

—Bien organizadito y bien lindo —Chofa siguió como si nada—, Nicanor le llevó el niño a los extranjeros, y les pidió un precio muy alto. Él sabía que los podía chantajear, porque ellos no eran casados, sino que eran hermano y hermana, y así no podían hacer una adopción legal. Sin embargo debieron regatearle, y tuvo que hacerles una rebaja, por lo que el niño no hablaba. Lo de la rebaja se supo porque don Nica anduvo un tiempo furioso, diciéndole al que quisiera oírle que los malditos extranjeros eran gente tacaña.

—¿La madre de Ara, esa señora Lutrudis, no tuvo compasión con su propia hija y con su nieto? No lo puedo creer.

—Ya le digo, la única aspiración de Lutrudis era que el marido no la desollara a correazos. Pero sigamos con el cuento.

—Un momento, doña Chofa. De dónde era esa gente, esos extranjeros, ¿usted sabe?

—Extranjeros, de Europa. Quién sabe, eso es muy grande

por allá. Ya una vez con el niño en su poder, abandonaron este país, que no les había gustado ni poquito. Por allá viajaron mucho, y lo pusieron a estudiar, y el niño aprendió a hablar, dicen que no uno, sino varios idiomas.

—Por fin fue un niño feliz…

—Pero por poco tiempo. En Europa murió la hermana, que era la que de veras lo quería, y el hermano se devolvió para Colombia, donde según cuentan había dejado negocios, y se trajo al muchacho, que ya estaba grande. Pero ése era un señor de malas pulgas, con un genio de los mil demonios, y ya estaba más viejo de lo que se aconseja para andar criando a un muchacho. Que además era un muchachote, porque ya desde entonces, once o doce años que tendría, ya desde entonces era un jayán.

En ese punto entró Orlando, que volvía corriendo con el mandado para no perderse la historia. Doña Rufa ofreció doblarle la propina si le traía del mercado unos ramitos de perejil crespo. Orlando se lo pensó primero y después aceptó el negocio, pero imponiendo sus condiciones: antes, que le dieran un vaso de agua, porque traía mucha sed. Hacía largas pausas entre sorbo y sorbo, esperando que Chofa arrancara a hablar, pero ella cambió de tema, y se puso a contar su fórmula secreta para quitarle el acíbar a la cáscara del limón. Apenas Orlando salió por el perejil, Chofa siguió adelante.

—El muchacho había sido tímido y retraído, pero al llegar a la adolescencia le dio por hacer las perrerías propias de su edad. Probó la droga y se volvió marihuano, y dizque le robaba plata al padre adoptivo para comprar sus vicios. Eso lo contaba una amiga mía, parienta de la amante que don Nica mantenía en La Merced. El caso es que don Nica, ya viejo cacreco, llegaba a la casa de su moza a quejarse de que los extranjeros no fueran gente de palabra. Parece ser que tantos años después, el que adoptó al niño le estaba exigiendo que le devolviera el dinero, porque el muchacho le había salido vicioso. Don Nicanor, que era más amarrado que un triquitraque, no le soltó ni un centavo, y su nieto fue a parar a un centro de rehabilitación. Y hasta ese día me llega a mí la pista, de ahí para adelante se me pierde el hilo de la información.

—Hasta que el muchacho vuelve a aparecer, hace dos años, en la casa de su madre.

—Digamos que un muchacho apareció, hace dos años, en la casa de la señora Ara. Si de verdad ése es su hijo, es algo que nadie puede saber.

Esperé el regreso del niño y me despedí con abrazos de las Muñís, que antes de dejarme ir me encimaron de regalo otro par de conservas. Orlando y yo nos montamos al jeep en silencio.

El posible pasado de mi ángel se iba recomponiendo ante mis ojos como una colcha de retazos, zurcida con los hilos del dolor.

—Cuénteme, Mona. Es mi hermano y tengo derecho a saber.

—Está bien.

Los peores diálogos son siempre entre los automóviles, y éste no fue la excepción. De la manera menos brusca, matizando las palabras, le fui contando a Orlando lo que había oído, pero a medida que hablaba una sombra desconfiada iba oscureciendo sus ojos. Quise con todo el corazón no haber preguntado nunca, para no tener que repetir ahora. Pero era tarde. Cada vez que intentaba omitir algo, Orlando se daba cuenta, y así me fue llevando, hasta el final.

—No hay que decirle ni una palabra de esto a mi mamá. Ni a nadie.

El niño se bajó del jeep sin decirme adiós.

Pasé la noche del jueves entre desvelos y pesadillas, muerta del calor si me tapaba y del frío si me destapaba, soñando, despierta y dormida, con un ángel niño, abandonado y silencioso, que jugaba en un rincón. El viernes amanecí decidida a no ir al frenocomio y a no averiguar nada más.

Mi intervención en los acontecimientos celestiales de Galilea los había dejado reducidos a miseria humana. ¿Qué sentido tenía someter al ángel a terapias que lo obligaran a recordar, si sus recuerdos eran vidrios afilados que le romperían el corazón a él, a su madre, a su hermano, a mí misma y quién sabe a cuántos más? Estúpida de mí, que quemaba el mito de un ángel, sabiendo que de sus cenizas sólo surgiría una cruel realidad de hombre.

No tenía ánimos ni para levantarme, cuando sonó el teléfono y era Ofelia.

—Te tengo una buena noticia. Ayer se le hizo un electroencefalograma y una punción lumbar. Tu ángel sí tiene epilepsia, pero una controlable. Es posible que con unas pastillas diarias no le vuelvan a repetir los ataques. Eso le va a hacer la existencia más tolerable.

Al colgar, me había vuelto el alma al cuerpo y nuevamente había cambiado de opinión. ¿Qué tal que no le hubieran hecho el electroencefalograma? Se habrían prolongado indefinidamente los ataques, cada vez peores, deteriorándolo día a día. Al fin y al cabo, no se pueden desdeñar los remedios que los hombres tratan de inventar para sus propios males. Doña Ara y Orlando tendrían que entender que aunque la realidad tuviera una cara horrible, peor era la máscara distorsionada de la irrealidad. El propio ángel debía someterse a una terapia que descorriera el velo ante sus ojos. Sólo enfrentando su propio pasado, por inhumano que fuera,

recuperaría su presente y su porvenir. Y yo sí iría al frenocomio, sí trataría de seguir averiguando la verdad.

Me habían advertido que el frenocomio de La Picota era
uno de los huecos más infames de la tierra, un cementerio
para vivos donde se tiraban desechos humanos y se dejaban
podrir.

—No creo que la señorita quiera entrar hasta adentro —me
aconsejó el guardián que custodiaba la reja.

—Sí, sí quiero.

—Pues poder puede, aquí veo la autorización, pero no se
lo recomiendo. Lo menos que le pasa es que se le prenden los
piojos.

—De todos modos quiero entrar.

—Sola no está permitido. Tiene que esperar al guardia que
la va a acompañar.

—Aquí estuvo preso hace unos años un muchacho, usted
se tiene que acordar, piense en el preso más alto que haya
visto...

—Yo soy nuevo por aquí, y además ya solicité traslado.
Esto no es sitio para gente. Hasta se impregna uno del olor, y
no vale lavar la ropa, ni restregarse el cuerpo, porque ese olor
no quita con nada. Esto no es vida, trabajar aquí no es vida,
no señor.

—Tal vez haya archivos donde pueda consultar. ¿No guar-
dan el registro de los presos que pasan por aquí?

—Pregunte en la administración, tal vez allá.

—¿Usted no sabe los nombres de las personas que están
ahí encerradas?

—Los nombres no los saben ni ellos mismos, ¿no ve que
además de ser criminales son locos? Como nadie los llama,
se les olvida hasta el nombre.

Yo cerraba los ojos, los oídos y la boca para no estar allí;

trataba de no rozar la pared inmunda, ni la reja pringosa, y hubiera querido no pisar ese suelo ni respirar ese aire, recargado de desgracias. Al otro lado de los barrotes sólo se veía humedad y oscuridad, y no se distinguían voces, solo toses y ruidos apagados, como de animales agonizando en sus cuevas. Desde el fondo del antro me llegaban los efluvios pegachentos de la descomposición y la desesperanza, y sentí unas ganas horribles de vomitar. Estaba parada a las puertas del último sótano de la existencia, donde al ser humano se lo reduce a inmundicia, y me abandonaban las fuerzas.

De este lado de la reja apareció un hombrecito tuerto que lavaba pisos y paredes con una manguera.

—Favor retirarse de ahí. Voy a echar agua y la mojo —me advirtió, y aunque me retiré, me mojó los zapatos.

—¿Tiene algún pariente adentro? —me preguntó.

—Afortunadamente no. ¿Usted hace mucho trabaja aquí?

—Ya va para toda la vida.

—Entonces me va a ayudar. ¿Se acuerda de un muchacho exageradamente alto que estuvo aquí hace un tiempo?

—Muy altos, que yo recuerde, por aquí han pasado dos, o tres…

—Éste era moreno…

—Todos son morenos.

—De éste no se olvida, porque era muy bello, trate de acordarse…

—Bello allá adentro no hay nadie. Entre todos no se hace un caldo.

—Haga de cuenta un gigante. Creo que le decían El Mudo.

—La mayoría son mudos. Mudos, y sordos, y estúpidos. Aúllan y gruñen, pero no hablan. Aquí se vuelven así.

—Una fábrica de ángeles… —dije para mí, pero el hombrecito oyó.

160

–¿Una fábrica de ángeles, dijo? ¡Ja! Eso si está bueno. ¡Una fábrica de ángeles! Oíste, González –le gritó al guardia– . ¡Ella dice que esto es una fábrica de ángeles!

–A ver si dice lo mismo después de estar allá –contestó González.

–El muchacho que le digo estuvo preso unos años y después logró salir –insistí yo.

–De aquí no sale nadie.

–Éste sí…

–Sería un milagro. Claro que a veces, cuando ya no caben, ordenan hacer limpieza y echan para afuera a los más inútiles.

Vi que se acercaba el guardia que me iba a acompañar y sentí terronera. No puedo, no puedo, no puedo, me gritaba el corazón, queriendo estallarse.

–Ella es –le indicó González al recién llegado.

–Camine –me dijo el nuevo, sacó un manojo de llaves y empezó a abrir la reja.

–¡No! Discúlpeme, no puedo, me tengo que ir. ¿Por dónde es la salida? Gracias, pero no. No puedo entrar ahí.

Cuando me di cuenta estaba corriendo. No sé cómo recuperé mis documentos, encontré el jeep de Harry y me encerré en él, para protegerme del horror. Empecé a manejar sin fijarme por dónde, sin saber cómo. Iba física y mentalmente trastornada, fustigándome a mí misma con una acusación que volvía y volvía, como un estribillo enloquecedor: ¿Así que usted es la que dice que la realidad hay que mirarla a la cara? Y no puede, cobarde, mil veces cobarde, quiere forzar a un muchacho enfermo a recordar todos los años que pasó en el infierno, y usted no es capaz de estar ahí un minuto. ¿Así que la realidad hay que mirarla a la cara? Atrévase, fanfarrona, hablamierda, atrévase si es capaz.

Sin saber a qué horas llegué al asilo. Tenía que verlo, o me moría. Le mentí a las enfermeras, les dije que estaba autorizada por la doctora Mondragón. Ahora lo tenía a él ante mis ojos, tendido en una cama en la cual no cabía, más ausente que nunca, envuelto en una nube de lejanía. Le habían puesto un camisón blanco con un número escrito con marcador, y parecía que ahora sí, sin remedio, el alma le hubiera abandonado el cuerpo.

—¿Por qué está así, tan demacrado? —le pregunté a la enfermera.

—Así los deja la punción lumbar. Los agota y les produce mucho dolor de cabeza. Es mejor que le haga una visita corta, para que pueda dormir.

Le toqué las manos, ásperas y resecas, y también los pies, sus pies perfectos, que estaban fríos y mustios como animales muertos. Le pedí crema a la enfermera pero dijo que no había.

Salí a la calle y en la única farmacia de los alrededores pregunté por suero fisiológico, y por una crema para humectar el cuerpo.

—Le recomiendo ésta —me dijo la vendedora, y me entregó un frasco que decía "Nella", y debajo, "con extracto de nardo".

—¿Nella? —leí—. Nunca había visto esta marca.

—La están promocionando por radio. Se pronuncia Nela. Nela, con una sola ele.

—Ah, bueno. ¿Puedo abrirla?

—Cómo no.

Era una sustancia espesa, aceitosa, con un perfume muy penetrante.

—Esto huele demasiado fuerte —comenté—. ¿No tiene más bien Nivea, o aunque sea C de Ponds? ¿O Johnson's para niños?

–Sólo ésta. Es excelente, la llevan mucho.

Regresé al lado de su cama, y le humedecí los labios con el suero. Él se incorporó un poco, para tomar un par de sorbos. Me miró y en el fondo de sus ojos vi un asomo de reconocimiento, que se apagó enseguida. Se volvió a desplomar sobre la espalda, y yo le fui untando la crema muy despacio, muy profundo, empezando por los pies, por la marca reciente del tobillo, como si ésta indicara el punto de partida en el mapa secreto de su cuerpo. Puse todo mi amor y mi empeño en la tarea, como queriendo desprender de su piel la costra de soledad.

–Perdónanos –le susurraba– por lo que has tenido que sufrir en esta tierra. Perdón, perdón por todo el mal que te hemos hecho…

–¡Qué maravilla! ¿Quién trajo nardos? –la jefa de enfermeras irrumpió en la sala como un vendaval–. ¡Aquí huele a nardos!

–Es esto –le señalé el frasco de crema.

–Este muchacho es una hermosura –dijo, tomándole la mano a mi ángel–. Aquí estamos todas enamoradas de él.

–No me extraña.

–Pero él no nos para bolas –se rio, y volvió a salir.

Lo dejé dormido, y al salir del asilo tuve por primera vez la certeza de que por más que intentara acercarme a él, siempre estaríamos a universos de distancia, y de que aunque le hicieran mil terapias y tratamientos, seguiría siendo un extraño en este planeta.

De camino hacia mi casa, atrapada en los trancones del tráfico, me puse a pensar en Paulina Piedrahita, mi profesora de semántica en la universidad. Ella contaba que la palabra nostalgia había sido inventada cuando los soldados suizos hacían de mercenarios lejos de su tierra, y eran repentinamente atacados por una urgencia desesperada de regresar, que les producía grandes sufrimientos. Por eso –decía Paulina– nostalgia viene del griego *nostos*, regreso, y *algos*, sufrimiento, y es el momento en que el pensamiento retorna a un lugar anterior, donde se sentía mejor.

Dijeran lo que dijeran los médicos, yo sabía que la postración de mi ángel no era otra cosa que nostalgia del cielo.

Habíamos quedado con la Bella Ofelia en que comeríamos juntas esa noche en el restaurante Salinas, para conversar largo y tendido sobre el ángel. Estábamos dispuestas a entregar media quincena a cambio de unos cuantos dry martinis y un par de platos de langostinos a la plancha. Pero el transcurso del día me había dejado de cama, con el alma y el estómago descompuestos, y un langostino bien podía ser la única cosa que faltaba para mi colapso definitivo. Así que llamé a Ofelia y le pedí que nos viéramos más bien en mi casa.

Llegó a las ocho en punto, con un pan francés y un termo de consomé de pollo, asegurando que me caería bien. Prendió el televisor, porque no se perdía *Aroma de mujer*, la telenovela de esa hora, y tuve que esperar a que acabara de verla para empezar a preguntarle.

–Ahora sí, dime qué es lo que tiene.

–Imposible saber. Anda perdido en alguna parte entre el retraso mental, el autismo y la esquizofrenia. Pero muy, muy perdido.

–¿Pero cómo vas a decir que está perdido un ser que produce semejantes escritos? Es que tú sólo has leído apartes de los cuadernos, pero si te tomaras el trabajo de…

–Un momento, un momento. Así nos vamos montando en una lógica disparatada y después no hay quién nos baje. Empecemos con que los cuadernos no los escribe el ángel, los escribe Ara. Si quieres hablar de los cuadernos, entonces hablemos de Ara. Ésa sí que le atina al cuadro esquizofrénico completo, oye voces y todo.

—Mejor no sigamos hablando, porque no llegamos a ninguna parte. Si quieres entender algo de esto, tienes que olvidarte de tu lógica, porque no nos sirve.

Caímos en un silencio incómodo y hasta hostil. Después de un lapso prudente, Ofelia buscó ablandar la situación preguntándome por qué yo me tomaba el asunto tan a pecho.

—Pues sucede que estoy enamorada de ese retrasado, autista y esquizofrénico —le dije de mala manera.

—Muy propio de ti. He debido imaginármelo. Espera —dijo cortada—, voy a echarle un chorrito de jerez a este consomé.

Nos quedamos calladas otro rato. Después ella dijo:

—Vamos a ver, empecemos por el principio. Por ese pasado que estás tratando de recomponer.

Yo no quería hablar más. De pronto todo el cuento me parecía espantosamente absurdo, y me sentía avergonzada y arrepentida de haberle contado a Ofelia la verdad. Menos mal no le había confesado que además había hecho el amor con él. Mínimo se desmaya.

—Hasta ahora —ella siguió sola, tratando de romper el hielo— sólo tienes hipótesis, y no todas coherentes. Un abuelo borrachín y cruel que se deshace del nieto, una mujer que lo cría como a un animal, una adopción que fracasa porque el muchacho se vuelve drogadicto. En consecuencia, un centro de rehabilitación, que debe haber sido otra pesadilla, y después posiblemente algún crimen, no sabemos cuál, o una injusticia atroz, que lo lleva a la cárcel. Como es epiléptico, y drogadicto, y seguramente ya anda mal de la cabeza, lo encierran en el frenocomio, donde acaba de enloquecer, y de donde logra salir quién sabe cómo. Ahí pegamos otro salto y el muchacho, que jamás ha estado en su casa, ni ha visto a

su madre salvo en el momento de nacer, regresa donde ella.
Ante la gente del barrio aparece como caído del cielo, y como
además es hermoso, y extraño, y habla lenguas y convulsio-
na, lo toman por un ángel, y lo convierten en el centro de un
culto. ¿Voy bien?

—Sí, salvo por un detalle. El muchacho sí conoce la casa
materna, cuando el abuelo lo lleva para que la abuela lo bañe
y lo vista, antes de entregárselo a los extranjeros, y aunque
sólo pasa ahí unos días, ése es quizá el único lugar en el país
del que guarda buenos recuerdos, el único donde lo han tra-
tado bien. Así que al salir del frenocomio, se las arregla para
volver allá. Eso es posible.

—Es posible, pero no probable.

—En fin. Si su vida no fue exactamente así, en todo caso
debió ser muy parecida. Da igual.

—¿Sabes lo que suele suceder con los ángeles que tienen
ese tipo de pasado? Que cuando finalmente lo enfrentan, les
sale de adentro el odio a borbotones. Un odio, una tristeza y
una sed de venganza tan monstruosos, que para mantenerlos
a raya habían tenido que anular su conciencia. A esos ángeles
la terapia los lleva a volverse demonios. Sociópatas. Ésa es la
señal de que van camino a la recuperación.

—No me sigas pronosticando desastres. Pareces el chulo
del diluvio.

—Chulo no, ni menciones ese bicho. Bueno, sigamos. Sigamos adelante con el hilo de la historia. Habíamos llegado a
un punto en la vida del ángel en el cual apareces tú, y te ena-
moras de él, y me lo llevas al asilo, para que lo cure. ¿Qué
sigue de ahí?

—Dime tú qué sigue de ahí. ¿Crees que se puede hacer algo?
¿Hay algún tratamiento posible que no pase por volverlo un
diablo?

La venganza de Izrafel

—Pues para ser honesta contigo, yo me temo que ni siquiera ése funcionaría en su caso. Es que estamos hablando de un ser que no habla, no establece contacto con el mundo exterior, no mira a la gente, no demuestra afecto por nadie. Es un caso perdido, qué quieres que te diga…

—¡No, Ofelia! ¡No es así! —me agarró una vehemencia de izquierdista en manifestación—. Yo te aseguro que no es así. Tú no lo conoces. No tienes idea de los sentimientos tan profundos que transmite. Y no sólo a mí, a miles de personas que hacen viaje para verlo. No me vayas a decir, como mi jefe, que son supersticiones de pobre. Te estoy hablando de algo que no es racional. Él irradia luz, Ofelia, y me extraña que tú, entre toda la gente, no te hayas dado cuenta. Irradia un amor desbordante, como nadie que yo haya conocido antes. Ésa es su forma de establecer contacto…

—Espera, espera, todavía no hagamos poesía. Primero atengámonos a los hechos. No sabemos bien de quién estamos hablando, pero suponemos que se trata de un ser que vivió bajo unas condiciones extremas de privación física y social que le causaron lesiones irreversibles. Esa epilepsia, sin control durante tanto tiempo, también contribuyó al deterioro. No quisiera hablarte así, pero se trata de un ser humano que ni siquiera alcanza el nivel de conciencia de un animal…

—Ése es el problema, Ofelia, que tal vez no se trate de un ser humano. Para Ara, para Orlando, para toda una comunidad, él es un ángel. El Ángel de Galilea. ¿Es que no puedes entender la diferencia?

—No, no puedo entender. Honestamente, no entiendo nada. ¿Sabes qué me gustaría? Me gustaría saber, de verdad, qué significa ese muchacho para ti.

167

Me demoré pensando.

—Él es los dos amores, Ofelia, el humano y el divino, que siempre antes me habían llegado por separado.

—Y tal vez es más sano que así sea, quiero decir, que una cosa sea una cosa y otra cosa sea otra cosa. O si no más sano, por lo menos más llevadero, niña, menos abrumador... Es que me preocupa, porque te veo metida en un embrollo tremendo... Yo no sé, todo esto es demasiado enredado, y al fin de cuentas no tiene nada qué ver con la psicología. Por qué no se lo consultas más bien a un sacerdote...

—Ni muerta. No se conoce el sacerdote que se interese por lo que pasa dentro de la cabeza de una mujer. Se contentan con vigilar que no cometa pecados con su cuerpo.

—Pero hay uno que otro inteligente, y progresista...

—En ese tema, todos están perdidos.

—Entonces un sacerdote experto en ángeles.

—¿Como cuál? ¿Monseñor Oquendo, el arzobispo de Bogotá? ¿Sabes lo que hacen los arzobispos con los ángeles que bajan a la tierra a enamorar mujeres? Los despluman y los cocinan en la olla del sancocho. Eso hacen.

—No sé cómo decírtelo sin que te ofendas. Me parece que ese ángel tuyo es demasiado, y al mismo tiempo no es nada.

—También los hombres son un poco así. ¿Qué me dices de tu intelectual francés, ése que cuando no estaba entre un avión estaba hablando por teléfono? ¿O de Ramírez, que me tuvo loca de amor dos años, y que siempre andaba tan cansado de trabajar que casi no lo conocí sino dormido? O cualquiera, pasemos lista y verás. ¿Qué tal el famoso Juanca, que iba a mi casa a decirme que me adoraba, y de ahí salía para la tuya a decirte lo mismo? A ver, quién más. Ahí está Enrique, un niño chiquito con ínfulas de redentor del mundo, y sin ir más lejos tu Santiago, tan buena persona, que porque tiene mucha plata y muchos empleados vive convencido de que lo que hace es decisivo... ¿Alguno de ellos te parece más consistente que mi ángel?

—Eso habla mal de ellos, pero no bien de tu ángel. A ver, facilitemos las cosas —dijo ella, para ponerle fin a la discusión—. No tratemos de llegar a conclusiones todavía. Voy a observarlo unos días más. Tal vez el cambio de ambiente, o la separación de su gente, lo tienen hundido en una crisis más profunda que la habitual, y que no me permite...

La incapacidad de Ofelia para intuir de qué se trataba me derrotó. Ella se dio cuenta, y cortó la última frase por la mitad. Otra vez nos quedamos calladas.

—¿Sabes qué voy a hacer? —dije por fin, y había algo de desquite en mi voz—. Me lo voy a llevar de vuelta a su barrio. Allá arriba es un ángel, mientras que aquí abajo no es más que un pobre loco.

Esta conversación fue el viernes por la noche. Al día siguiente, sábado, Ofelia comprendió.

Yo había pasado la mañana en el gimnasio, ahogando mis pensamientos en el pedaleo de la bicicleta estática y en el agite embrutecedor de los aeróbicos, y hacia las seis de la tarde, después de terminar el bendito artículo de la dieta, me encontraba viendo noticias nacionales por televisión: un hincha de fútbol que le pegó una puñalada mortal a un árbitro vendido, un fiscal que mató con un fusil a sus dos cuñados porque hacían ruido con la motocicleta, unos guerrilleros que masacraron población civil acusándola de paramilitar, unos soldados que masacraron población civil acusándola de complicidad con la guerrilla, en fin, lo de rutina, el mismo carrusel de la muerte al que estábamos acostumbrados. Iba a apagar el aparato cuando llegó Ofelia, sin previo aviso. Tan pronto le abrí la puerta, me di cuenta de que algo había pasado.

—Tienes razón —me dijo, de entrada—. No es un ser común y corriente. No te imaginas lo que sucedió hoy en el asilo.

Me contó que primero se había cruzado con el padre Juan, un sacerdote asturiano que todos los sábados, desde hacía años, visitaba el asilo para confesar a las internas, y acompañarlas un rato. El padre Juan había estado con el ángel y venía maravillado, dando fe de que ese muchacho hablaba bellamente el latín y el griego.

—¿Y qué le dijo, padre? —le había preguntado Ofelia.

—¿Sí, qué le dijo? —quise saber también yo.

—El padre Juan, que es un jodido, me dijo que no podía repetirlo, por ser secreto de confesión. Pero me aseguró que no eran disparates.

Más tarde Ofelia había creído percibir un silencio inusitado que se extendía por el asilo.

—¿Qué pasa? —le preguntó a uno de los psiquiatras—. ¿Por qué tanta paz?

Pero el psiquiatra no notaba nada raro. Entonces Ofelia empezó a recorrer el lugar, segura de que algo nuevo flotaba en el aire, hasta que llegó al patio de las enfermas crónicas.

—Tu ángel estaba en medio del patio, y las internas lo rodeaban con una expresión de placidez que nunca antes les había visto. Como si les hubieran apaciguado el alma. Él parecía llenar el espacio con su tamaño, y yo lo vi radiante, haz de cuenta que sus venas fueran filamentos de luz. Se movía entre las enfermas con una gran calma, casi en cámara lenta, poniéndole a cada una la mano sobre la cabeza, sin mirarlas pero con un afecto conmovedor, como si de verdad significaran algo para él. Ellas simplemente se le arrimaban, calladas, con la actitud serena de quien se siente bien y no espera nada. En realidad no era más lo que estaba sucediendo, sólo un estado de ánimo imperceptible para los desprevenidos, tanto que unos estudiantes que estaban presentes seguían conversando entre ellos, como si tal. En cambio para las enfermas era clarísimo, aunque la diferencia estuviera sólo en un matiz, en una mínima vuelta de tuerca que convertía ese patio de pesadilla en un lugar entrañable, como bañado en luz cálida, y envuelto en ese silencio, tan armonioso. Si uno miraba al ángel, se daba cuenta de que toda la paz salía de él.

Serví un par de whiskies dobles, uno para Ofelia y otro para mí, y brindamos emocionadas por nuestro ángel, porque ya no era sólo mío sino de las dos. A diferencia de la noche anterior, ahora ambas sintonizábamos en el mismo sinsentido, y pudimos instalarnos cómodas en una larga conversación, absurda, sin pies ni cabeza, en voz baja para no despertar a mi tía la de Armero, pero que nos permitía entendernos a pesar de ser el tema tan escurridizo e impermeable a la razón.

El trago iba aportando lo suyo, y curiosamente a ella, que mantenía una desviación metafísica, le sacó a flote más bien el lado samaritano de la personalidad.

—Ahora sí sé que podemos ayudarlo —me decía, con entusiasmo de Florence Nightingale—. Tenemos que inventarnos algo, alguna manera de llegar a él, de hacer contacto. Quién quita que ese ángel sea un enviado, que haya venido a Colombia para acabar con tanta porquería y tanta matanza, quién quita que podamos ayudarle a cumplir su destino... O a lo mejor es un profeta, o un gran caudillo. Yo hasta votaría por él para presidente, me gusta más que cualquiera de esos aspirantes... Claro que como marido tuyo sí no lo veo, francamente...

—Pues hace el amor como los dioses.

—¡No lo puedo creer! Bueno, tú sabrás por qué lo dices. ¡Ahí está! ¡Ésa puede ser la clave, una terapia sexual!

—Hasta eso. Cualquier cosa menos tu psicología. Ya quedó demostrado que aquí no vale.

—De acuerdo, descartada la psicología, no funciona ni en este caso ni en ninguno. Pero podemos ensayar otras cosas, el espiritismo, la hipnosis… El ayuno, la meditación…

—Solamente el trisagio, créeme. Eso ya está inventado: sólo tienes que repetir santo, santo, santo, santo es el Señor, y funciona. ¿No ves que es un ángel, Ofelia? Un ángel, repite conmigo, un ÁNGEL.

—Aunque sea un ángel, de todos modos habita en esta tierra, en esta ciudad de Santafé de Bogotá, y tiene que aprender a hablar el español. A sobrevivir por sus propios medios, a leer…

—¿Me quieres decir que si a un ser que habla fluidamente el latín y el griego le enseñamos a deletrear "mi-ma-má-me-a-ma", es que lo estamos sacando al otro lado? Por favor, Ofelia, no nos vanagloriemos.

—Además, de ninguna manera te sirve como novio —dijo ella, sacándose de la manga un último argumento de disuasión— porque es por lo menos doce o trece años menor que tú… Debe tener a lo sumo dieciocho, o tal vez diecisiete.

—¿Y quién te dice que no es cuatro, o cinco mil años mayor que yo? ¿Quién puede calcular la edad de un ángel?

—No hay caso —suspiró Ofelia, y ya nos despedíamos en la puerta, hacia las diez de la noche, cuando se devolvió. Pensé que habría olvidado el abrigo, o algo, pero no, lo que hizo fue sentarse otra vez en un sillón.

—¿Qué pasa? —pregunté.

—Que todavía no hemos dicho lo peor. Ven, siéntate, es mejor que salgamos de todo de una vez.

Me dispuse a escuchar, como quien le abre la boca al dentista para que le saque una muela.

—Ya te lo había dicho, pero te lo recuerdo. La rehabilitación, si es que la logramos, y a estas alturas de la noche ya estoy por creer que la podríamos lograr, va a hacer que tu ángel se vuelva humano. Demasiado humano, ¿entiendes? Esa mirada diáfana que tiene se va a enturbiar. Es bueno advertirte.

VI

El grande Uriel, ángel proscrito

La vida hace las cosas a su manera y como le viene en gana, y por más que pretendamos planificar y anticipar, es ella la que decide por nosotros. Así quedó demostrado el domingo, a las tres de la tarde.

A esa hora habíamos acordado encontrarnos en el asilo Ara, Ofelia y yo, que debía presentarme con el jeep de Harry, para llevar al ángel de vuelta a Galilea, en caso de que doña Ara se obstinara en hacer cumplir las condiciones que había impuesto al dejarlo. De todas maneras, Ofelia y yo íbamos a plantearle la posibilidad de someter a su hijo, durante algunos meses, a un tratamiento psicológico y médico sistemático. La verdad es que yo ya no estaba entusiasmada con esa idea, y tal vez Ofelia menos aún, pero ambas sentíamos que lo justo era dejar la decisión en manos de la madre.

Llegué retrasada, hacia las tres y veinte, porque había salido tarde de la peluquería, de hacerme un baño de aceite, tintura de rayitos, despunte y otra serie de cuidados que requiere mi pelo, que me quita más tiempo que un hijo bobo. O que un novio bobo, tal vez venga más al caso decir.

Al llegar no encontré a doña Ara, y ése fue el primer indicio, en el momento no registrado por mí, de que la realidad empezaba a rehuirme. Ofelia vino hacia mi taconeando sobre los baldosines de marras –de los que he dicho que encerraban en su diseño la clave secreta de una fuga– y desde lejos noté la descompensación en sus facciones de medallón antiguo.

–Se fue –me dijo.

–¿Quién se fue?

–El ángel. Hoy a la madrugada o ayer por la noche. Se voló.

–¡¿Cómo?!

–Nadie sabe cómo. Esto es muy vigilado, muy encerrado,

salir de aquí sin autorización no es fácil, digamos que en teoría no es factible. Pero él lo logró. A las siete de la mañana una auxiliar de enfermería se dio cuenta de que faltaba. Hubo conmoción y lo buscaron por todos lados, hasta en el tejado, pero no. No sabemos nada de él.

–¡No puede ser! ¡Ay, Dios mío! ¿No estará por ahí, encerrado en un baño, debajo de una cama, algo? ¡Hay que encontrarlo, Ofelia, como sea! ¿Qué le vamos a decir a la mamá? ¿Qué se nos refundió su hijo? ¡Esa mujer se muere donde le pase la misma tragedia por segunda vez!

–Cálmate. ¿Tienes el jeep? Ven, vamos por él, no puede estar lejos. Ya llamamos a la policía y llevamos la mañana entera buscándolo, pero a pie no rinde. Con el jeep va a ser más fácil.

–¿Cómo es posible que no me hayas avisado antes? A estas alturas quién sabe dónde estará, o qué le habrá pasado, ya lleva muchas horas vagando por ahí. Ay Dios mío perdóname, culpa mía, culpa mía, ¡por qué será que todo, siempre, es culpa mía!

–Lo supe hacia las ocho y me vine enseguida. Te llamé muchas veces, pero tú…

–Es cierto, maldita sea, salí a montar en bicicleta temprano. Vamos. No perdamos más tiempo. ¿Te das cuenta? –dije anonadada–. Va a ser como encontrar una aguja entre un pajar. O como recuperar un anillo en el mar… ¿Por qué no? ¡Tú puedes, Ofelia! –la animé, súbitamente montada en una racha de optimismo–. Si lo hiciste antes, lo puedes volver a hacer…

Salimos las dos como locas y empezamos a recorrer las calles aledañas, preguntando en todo almorzadero, parqueadero, montallantas, chuzo de fotografía instantánea, inquilinato de mala muerte y ventorrillo ambulante. Lo buscamos, exponiendo el pellejo, hasta en las ollas tétricas de bazuco en la calle del Cartucho, y cada que veíamos un lumpen tirado en la acera, entre un zurullo de harapos, revisábamos que no fuera él. Mi pena, que era horrible, se veía pequeña si pensaba en la de Ara: durante sus diecisiete años de búsqueda, cuántas veces no habría pisado estas mismas esquinas, ahogada en una ansiedad aún mayor, empujada por una esperanza todavía más mustia.

En el nerviosismo del operativo de rescate me atacó una habladera imparable y deshilvanada, en cuyo estribillo insistía en que éste era un día de calamidades para mí.

—Apenas me levanté —le conté a Ofelia— fui a echarle alpiste al canario de Harry, y adivina qué, lo encontré muerto.

—¿Muerto?

—Muerto. Patas arriba en la jaula, tieso como un zapato. Harry va a creer que no le di de comer, o que le di demasiado. Qué vergüenza.

—Cómprale otro y se lo cambias, no se va a dar cuenta.

—¿Tú crees?

—Todos los canarios son iguales. Además no te preocupes, que en el fondo es un excelente augurio. Tira el cadáver entre agua corriente y olvídate de eso, que nada daña tanto la suerte como un canario enjaulado.

Mi ángel se había esfumado sin dejar huella. La ciudad hambrienta lo había devorado, lo había envuelto en su cobija sucia, y ya no sabíamos que más hacer para que lo devolviera. ¿Qué posibilidades de sobrevivir tenía un angel de Dios en esta Bogotá de espanto, que atesora basura en las esquinas y ene enes en los baldíos? Una entre diez, tal vez, o una entre cien.

Hacia las cinco de la tarde, ya al borde de la derrota, se me ocurrió un último recurso desesperado: traer al centro a toda la gente de Barrio Bajo y ponerla a buscar al ángel, cuadra por cuadra, organizada en brigadas y coordinada desde un cuartel general que sería el asilo. Doscientas o trescientas personas lograrían lo que no podíamos hacer dos.

A Ofelia la cosa le pareció absurda.

—Es una empresa ciclópea –dijo–. Como la construcción de las pirámides.

Pero como no presentó alternativa de recambio, volvimos al asilo a buscar a Ara, para proponerle mi plan de emergencia. Íbamos llegando cuando mi ojo detectó, a unos cincuenta metros de distancia, un objeto inconfundible, del que no podía haber sino un ejemplar en todo el mundo: la capa de terciopelo azul rey de Marujita de Peláez, que avanzaba hacia nosotras flotando sobre los hombros de su dueña.

—¡Señorita Mona! –gritaba–. ¡Bendito sea Dios!

—¡¿Qué pasó?!

Marujita de Peláez nos alcanzó, pero no podía hablar por el agite de la carrera.

—¡Díganos qué pasó, mujer!

—¡Que el ángel llegó esta mañana al barrio, y lo seguía muchisísima gente!

—¿El ángel? ¿El ángel nuestro? ¿Llegó sano y salvo al barrio? ¿Cómo? ¿Cuándo?

—Esta mañana, señorita, hacia las once de la mañana. Llegó tan divino que semejaba una aparición, y no venía solo, sino en medio de una multitud que se había ido pegando a su paso y que caminaba detrás de él, glorificándolo y alabándolo.

—¿Quiere decir que caminó desde el asilo hasta Galilea?

—Así parece, señorita Mona, y según cuentan los que venían con él, fue atravesando todos esos barrios de la montaña hasta que llegó arriba, arrastrando a su cantidad de fieles.

–¡No puede ser!

–Sí, señorita, así es, tal cual oye. A ratos caminaba y a ratos se dejaba llevar en hombros, por unos que gritaban ¡que viva el ángel del Señor!, y por otros que contestaban ¡que viva! A él se lo veía contento, en la pura mitad de todo, como si supiera que tanto festejo era en su honor. Pero como no venía ni con la señorita Mona ni con la doctora Ofelia, y como la señora Ara tenía con sus personas una cita a las tres, ella me mandó a que viniera y les avisara que el ángel ya estaba allá, por si no sabían y se preocupaban.

Abracé a Ofelia y luego a Marujita, entre dichosa por la noticia y amargada con mi ángel, que me había hecho pasar tan mal rato, y volví a abrazar a Ofelia mientras le repetía:

–¿Viste? ¿No te dije? ¿No ves que cada vez que se escapa, vuelve a su casa?

Hice que Marujita abordara el jeep al vuelo.

–Nos vamos ya para Galilea –anuncié–. Ofelia, ¿nos a-compañas?

–Vamos. Sólo espérame un segundo aviso en el asilo para que no lo busquen más.

Al contrario de lo que suponíamos, llegamos a una Galilea sin gente, definitivamente vacía, como sólo pueden estarlo los lugares que poco antes estuvieron repletos, y sumida en un silencio tenso, falso, extendido como una capa de pintura sobre el estrépito anterior. Calle por calle buscamos sin éxito a las multitudes desaparecidas.

–Aquí pasó algo muy raro –comentamos.

Vimos a un grupo de policías que patrullaban armados, avizores y eléctricos, como temiendo que en cualquier momento los sorprendiera una pedrada en la nuca. Frente a nosotros cruzó como una sombra un muchacho con la cabeza agarrada a dos manos y la cara bañada en sangre.

—Aquí pasó algo espantoso...

La cancha de fútbol, cubierta de piedras, botellas rotas y zapatos nones, era el núcleo de la desolación, el campo abandonado de alguna guerra perdida.

—Aquí estaban —decía Marujita de Peláez, frotándose los ojos para que no le jugaran malas pasadas—. Juro por Dios que aquí mismo los dejé, al ángel y a toda su gente...

Vimos a otros policías que atravesaron la cancha con cautela, como temiendo hacer ruido con las botas.

—Juro que aquí los dejé, y eran muchísimos...

A mí esta Galilea desértica me traía a la memoria la del día de mi llegada, pero peor, porque ahora ni siquiera estaba la lluvia, sólo silencio y neblina, y esos policías asustados que la hacían todavía más fantasmal.

Un sargento de bigotico nos detuvo para pedir papeles.

—¡Me desplaza la unidad! —me ordenó.

—¿La unidad viene siendo mi automóvil? —pregunté.

—Positivo. No tiene para qué estar en la calle. ¿No oyó que habrá toque de queda?

—No, no oí. No se qué está pasando, me puede decir, por favor, ¿qué pasó aquí?

—Alteración del orden público. Circule, circule, ya le dije que me retirara la unidad.

—Sólo un minuto, se lo pido. Esta señora vive aquí en el barrio y vinimos a llevarla hasta su casa.

—Que ella siga a pie y ustedes se me devuelven ya.

—Es que está enferma, ¿no ve que está muy enferma?

El sargento se agachó para observar a Marujita de Peláez, y ella, en el asiento de atrás, puso su mejor cara de moribunda.

—Entonces la llevan y se van inmediatamente.

—¿Acaso a qué horas empieza el toque de queda?

–A las siete en punto.

–Pues sólo son las seis y cuarto, tengo derecho a cuarenta y cinco minutos más.

Acerqué el jeep lo más que pude a Barrio Bajo y lo estacioné en una manga. Acordamos que Ofelia y yo subiríamos a pie hasta la casa de Ara y que mientras tanto Marujita se quedaría entre el carro, cuidándolo, por si se armaba otra vez la gazapera; no quería devolvérselo a Harry quemado, o con letreros en spray que dijeran Patria o Muerte, Nupalom, Milicias Bolivarianas o algo por el estilo. Carro destruido y canario muerto: hubiera sido demasiado castigo para Harry, que no era culpable de nada.

Se entreabrió la puerta de una casa y una mujercita asomó la cabeza, husmeó el aire como el ratón que quiere asegurarse de la ausencia del gato, se quedó mirando hacia el jeep, reconoció a Marujita de Peláez y se le acercó, arrebozada en su pañolón y en su aire conspirador.

–¿Qué hace por la calle, mija? –le preguntó a la carrera, abriendo mucho los ojos–. Mejor váyase para su casa, que esto está muy feo.

–Vamos para donde Ara –le contestó Marujita.

–No se meta por allá que no hay nadie. Huyeron todos al cerro.

–Qué fué lo que pasó –me inmiscuí yo, pero la señora ni me oyó, ya había corrido a refugiarse detrás de su puerta.

–Vámonos –dijo Ofelia–. No tenemos nada que hacer aquí. Volvamos a la ciudad.

–Todavía no –dije yo, resuelta a subir a como diera hasta la casa rosada, porque tenía la convicción de que podría encontrar a mi ángel. Sabía que él era el motivo de la conmoción en el barrio, y estaba decidida a llevármelo para mi apartamento, al menos por un tiempo, mientras pasaba el peligro.

—No hagas eso —me aconsejó Ofelia—. El peligro no va a pasar de un día para otro, y en cambio, ¿qué va a suceder cuando a ti te pase el embeleco?

Le respondí con sinceridad adolorida que no era embeleco pasajero sino pasión de por vida, pero a medida que subía por la pendiente de un Barrio Bajo abandonado hasta por los perros, al que no le había quedado vidrio sano, iba sintiendo cada vez mayor agobio. Como si llevara a la espalda un morral inmenso. Es el excesivo peso de este amor inconcebible, me confesé a mi misma, y no supe por cuánto tiempo sería capaz de seguir cargando con él.

Al llegar a la casa de Ara encontramos la puerta abierta y batida por el viento.

—¿Ara? ¡Señora Ara!

Nadie respondió, pero nos pareció escuchar adentro pasitos leves, como de niño, o de gnomo.

—¿Orlando? ¡Orlando!

Nada.

—¡En nombre de Dios todopoderoso! —gritó Ofelia con voz teatral—. Si hay alguien aquí, que nos diga quién es.

Tampoco nada. Ya ni los pasos sonaban, así que penetramos en el interior tomado por las sombras, esquivando mansos objetos oscuros. Había olor a estufa fría y silencio de radio apagado.

Tal como había anunciado la conocida de Marujita, allí no encontramos un alma. El patio, el lavadero, el catre de Ara, antes tan cargados para mí de presencia, navegaban por el aire quieto, pasmados e inútiles, como resignados al abandono.

—¿Y los pasos? —preguntó Ofelia—. Si no hay nadie, ¿de quién serían esos pasitos que oímos?

—De los recuerdos, que huyeron por la ventana —le contesté, creyendo intuir que en ese preciso momento llegaba a su fin mi breve e intenso pasado con el ángel, y empezaba mi largo y diluido presente sin él. El vacío me mordió las entrañas, pero al mismo tiempo, debo ser honesta, un alivio secreto me refrescó la mente.

Caminé a tientas hasta el baúl de los cuadernos, resuelta a apropiármelos, a llevármelos conmigo porque eran mi patrimonio, habían sido escritos para mí, constituían mi legado perdurable de amor. Los custodiaría en el apartamento hasta que pudiera hacerlos publicar, los leería noche tras noche para comprender el significado de cada palabra, dicha y no dicha.

Mis manos ubicaron el candado, que estaba abierto. Levantaron la tapa y buscaron adentro, palpando el espacio negro, pero no encontraron nada. Palmo a palmo recorrieron el vacío, cada poro alerta, desesperado por entrar en contacto con el papel. Nada. Repetí la operación para cerciorarme, con idéntico resultado: nada.

Entonces me senté derrotada sobre la tapa a confesarme la verdad: el baúl había sido saqueado y unas cuadras más abajo el padre Benito estaría quemando los cincuenta y tres cuadernos en una hoguera, o el oficial de bigotico los estaría catalogando y archivando en una estación de policía como material subversivo. Entonces agarré ese látigo de siete colas que es mi sentimiento de culpa y empecé a azotarme: ¿Cómo no me los había llevado antes? Sólo a mí, a mí solamente se me ocurría toparme con un tesoro semejante y descuidarlo de esa manera, desdeñarlo como si se me diera encontrarlo en cada esquina.

Me encontraba con que de repente ya no había cuadernos, como si fueran una invención y nunca hubieran existido. Ni habitantes del barrio, ni angel, ni Orlando, ni junta. Se

185

escapaban los personajes y los sucesos de la última semana de mi vida como se esfuma la imagen deslumbrante captada por un instante en un caleidoscopio, como se borra involuntariamente un texto de la memoria de un computador al apretar la tecla equivocada.

Volvimos al jeep de Harry, pero también allí la nada se había anticipado, como una barrendera loca. No se encontraba adentro Marujita de Peláez. ¿Se habría asustado? ¿Se habría volado para su casa, a alimentar sus animales? ¿Habría alzado con ella la policía?

Primero la llamamos con gritos tímidos que corrían calle arriba y regresaban perseguidos por su propio eco; volvimos a llamarla, a grito pelado. Pero nunca respondió. Quisimos preguntarla en la casa de la señora del pañolón, pero nadie nos abrió esa puerta. Estaba escrito que ese día Galilea permanecería hermética y no accedería a revelárseme.

Al llegar a La Estrella ya no tenía esperanzas, sabiendo como sabía que el virus borratiza se habría extendido por toda la pizarra. No me equivocaba. Encontré la tienda cerrada y trancada, casi invisible en el anonimato de sus ventanas canceladas con postigos. No golpeé a la puerta, no obtendría respuesta.

En ese momento me vino de atrás, del piso del jeep, un reflejo de un azul total y me agaché a recogerlo. Era la capa de terciopelo, que había querido quedarse para ser la excepción que confirmara las reglas de mi espejismo.

Me paré en medio de la calle con la capa en la mano, y descansé cuando sentí que empezaba a llover. Le di la bienvenida a esa agüita chirle que caía salvadora sobre las brasas de mi ansiedad. Lo que por agua viene por agua se va, me dije, y la resonancia hueca de la frase hecha me bastó como explicación.

Al fondo, a mis espaldas, se extendía la ciudad enmudecida y apaciguada por la distancia, y frente a mí se levantaba impenetrable, envuelto en largas barbas de calima, el cerro que tal vez escondía y resguardaba a mi ángel, a su gente y a su historia, que durante una semana entera y eterna también había sido la mía.

Un viento mojado que vino de los eucaliptos me trajo una plácida sensación de paz y me sopló al oído un mensaje conciso: Él está fuera de tu alcance, y ya no es urgente que lo quieras, ni que te quiera.

Yo entendí y asentí. Lo importante no era tenerlo cerca sino dejarlo libre para que se salvara, para que sobreviviera. Que pudiera cumplir con el propósito tras el cual había venido, cualquiera que fuera y por indescifrable que resultara para mí. Supe, sin dolor, que hoy era el día del adiós.

¡Corre aprisa, amor mío! ¡Huye a los montes! Hubiera querido gritarle esas palabras, las últimas del Cantar de los Cantares, que no escuchaba desde que mi abuelo, el belga, me leía las Escrituras, y que ahora la memoria me devolvía.

La voz de Ofelia me sacó de mí misma.

—Hay que hacer algo —me dijo, pronunciando el lugar común más socorrido en este país donde frente a las calamidades no hay nada que hacer.

—¿Como qué?

—No sé, algo. Lo digo por la señora Ara y sus hijos, que deben estar pasando apuros, pero también por ti, porque te veo mal.

—Por mí no. Para mí ya se cerró el ciclo. Y por ellos tampoco, se saben defender solos.

—Entonces vámonos de aquí, antes de que nos empape esta lluvia y nos atrape el toque de queda.

—Sí, vámonos.

Pero ninguna semana se cancela por decreto, ni se borra de una vida como un texto de la memoria de un computador. Y menos que menos ésa, sagrada y alucinada, que terminó la noche del domingo pero que repercutió de tan profunda manera en el resto de mis días. No hay nada que hacer: no hay paso andado que no deje huella.

Y dejando huellas, en los demás y en mí, fue como ese domingo abandonó mi ángel su barrio natal de Galilea para recorrer a pie el territorio comprendido entre los parajes guerrilleros del páramo de Cruz Verde y el pueblo tranquilo y calentano de La Unión, enardeciendo y arrastrando a su paso multitudes, hasta desaparecer definitivamente en el cruce del río Blanco con el río Negro, en un gran final desconcertante que según muchos fue muerte violenta a manos militares o paramilitares, y según los más fue auténtico ascenso en cuerpo y alma al cielo.

Ahora que todo lo suyo tiene clasificación y nombre, han dado en llamar a esos siete meses —porque no fue más lo que duró su deambular— su época de vida pública. Que fue la más gloriosa en la historia de mi ángel, y que coincidió con la más difícil de mi embarazo.

Pero para avanzar en orden cronológico debo remontarme al principio del fin, cuyo mecanismo se disparó en Galilea la noche que el toque de queda congeló sus calles, mientras el resto de la ciudad mantenía, como si nada, su ritmo apocado de día festivo.

Ya había dejado a mi amiga Ofelia en su casa y regresaba a la mía, a la hora en que las familias toman café con leche y se adormecen frente al televisor. Los semáforos de la carrera séptima alternaban religiosamente su verde, su amarillo y su rojo a pesar de que el escaso tráfico los ignoraba en cualquier color, cuando una súbita y terrible revelación, a la altura de la calle 59, me arrancó del limbo sentimental que me traía arrullada. No era cierta la cómoda idea de que un rato antes, bajo la lluvia que empezaba a caer, yo hubiera tomado la serena decisión de olvidarme de mi amor. La verdadera verdad se disparaba ciento ochenta grados en otra dirección, porque era él quien ya desde antes me había abandonado a mí. Pese a las apariencias, al ángel no lo manejábamos, ni yo, ni Crucifija, ni el M.A.F.A., ni nadie. Él no le pertenecía a ninguno de nosotros, ni siquiera a Ara, y no era tanto que nos necesitara sino que nosotros, cada uno a su manera, nos aferrábamos a él. Aunque me doliera no debía confundirme: su destino no estaba, ni había estado nunca, en mis manos. Sólo él tenía claros sus caminos sobre la tierra y su empeño en recorrerlos ni me tenía como meta, ni se limitaba al alcance de mi voluntad.

Di un paso más y llegué a dudar de lo que antes había dado por descontado, que en algún momento me hubiera querido, o sentido algún tipo de apego hacia mí, o inclusive que hubiera sido consciente siquiera de mi existencia, o que en la levedad de su memoria aún gravitara mi recuerdo.

Este brusco cambio de percepción me hizo pasar del papel de desertora al de abandonada, de victimaria a víctima, y el despecho arrancó a reverberarme por dentro, cáustico y cruel.

Empecé a atormentarme pensando cómo recuperarlo, cómo impedir su huida, no sé con qué autoridad si unos momentos antes había sido la primera cómplice al asentir con alivio a que todo desapareciera como en un truco de prestidigitación.

Pero las cosas no eran tan así, nunca son tan así, y por eso digo que en la vida se impone, nos guste o no, la ley de las consecuencias. Unos minutos después, al llegar a mi casa, encontré sentado en la puerta del edificio, con los ojos encapotados por el sopor de una larga espera, ni más ni menos que al gran Orlando. Y con él reaparecían los eslabones perdidos de mi historia de amor, y la realidad momentáneamente interrumpida recuperaba su curso.

Resultó ser que hacia el mediodía la señora Ara había enviado a Orlando para que permaneciera conmigo mientras ella y el ángel se vieran obligados a rondar prófugos por el cerro, y él había esperado mi llegada, sentado en su escalón de granito, con la paciencia y la inmovilidad de estilita que los pobres están acostumbrados a practicar desde niños.

Pero además Orlando no venía solo, sino que traía consigo un costal pesado, con su ropa, creí a primera vista, pero que en realidad contenía los cuadernos de su madre. Todos los cincuenta y tres cuadernos Norma con los dictados del ángel, completos, intactos, salvados de la catástrofe y milagrosamente puestos en mis manos cuando ya daba su pérdida por irremediable.

No los había quemado el padre Benito ni decomisado el oficial del bigote: la misma Ara me los enviaba, considerando que en mi casa estarían seguros. Abracé esos cuadernos como si fueran reliquia, la última astilla recuperada de la auténtica cruz de Cristo, porque yo, que acababa de perder a mi ángel, al menos poseía, por primera vez, su voz. Ahora que lo pienso me doy cuenta de que ésa fue la primera vez, pero no la última, en que yo me aferré a la literatura y en cambio dejé pasar de largo la vida, llevada tal vez por los primeros síntomas de un cansancio que marcaría el fin de mi juventud.

En mi nevera no quedaban sino unas salchichas más o menos verdes que Orlando devoró bajo la presentación de perros calientes mientras me contaba, en su mejor estilo catarata, los sucesos de la tarde. Describía dos y tres al tiempo, acompañando las palabras con ruidos onomatopéyicos, los ojos ya despiertos y despidiendo estrellitas, y yo tenía que hacerle repetir para encontrarle coherencia al frenesí. Al principio me contó la llegada del ángel al barrio que ya le había escuchado a Marujita.

—Esa parte me la contó Marujita de Peláez —le dije.

—Entonces desde dónde quiere que le cuente.

—Sé cómo apareció el ángel, lo que no sé es cómo desapareció.

—¿Quiere que le cuente entonces lo de la cancha de fútbol?

—Eso.

—Pues que cuando los del ángel ya iban llenando la cancha, tácate, ahí fue, se agarraron con la chusma del padre Benito, encabezada por los del M.A.F.A., que eran los más fieros y empeñados en no dejarlos pasar.

—Eso se veía venir…

—Y mi mamá desesperada, que mi hijo, que me lo matan los del M.A.F.A., que no le hagan daño que él es inocente, pero los del M.A.F.A. como si nada, cada vez más alzados.

—¿Le hicieron algo? Dime, ¿le hicieron algo al ángel? —preguntaba yo, pero Orlando no atendía interrupciones.

—Y cuando ya temíamos lo peor, ta ta ta tan, apareció Sweet Baby Killer abriéndose camino por entre la pelotera, les cascó a los del M.A.F.A. y se cargó el ángel al hombro, y lo sacó de allá repartiendo patadas y puñetazos, ¡pum!, ¡chas!, ¡toma ésta!, ¡y toma otra!, le daba a todo el que la quería atajar, y así se lo trajo a casa sano y salvo, mejor dicho sin un rasguño.

—¿Entonces por qué no se quedaron allá? ¿Por qué se fueron al monte? —yo necesitaba que me hablara de motivaciones contundentes que palearan mi desengaño y me devolvieran las esperanzas–. ¿Por qué huyeron al cerro?

–Porque cuando nos fuimos a dar cuenta la tomba invadió el barrio, haga de cuenta cien policías, o tal vez mil, dizque a disolver el motín a bolillo, tas, tas, yo vi a uno al que le dieron por la cabeza, ¡agghhh!, y los del M.A.F.A., que en medio de todo son gallinas, corrieron a refugiarse en la iglesia, en cambio los del ángel sí dimos la pelea, y echamos para arriba y nos atrincheramos en las Grutas de Bethel, que es haga de cuenta una fortaleza subterránea.

–¿Quiénes se atrincheraron en las grutas?

–Pues todos nosotros, los de Barrio Bajo.

–¿Y se agarraron con la policía?

–Claro, a piedra limpia, viera qué lluvia de piedra tan sensacional, lástima que se la perdió, Monita, y hasta llantas incendiadas echamos a rodar.

–¿Y el ángel? A todas éstas qué pasaba con el ángel?

–Nada, él no participaba. Pero entonces cundió el pánico porque alguien empezó a gritar. Al principio fue sólo alguien, pero después gritábamos todos.

–¿Qué gritaban?

–Gritábamos ¡ábranse, que la tomba trae gases!, ¡nos van a asfixiar entre estas cuevas!

–¿Y qué hicieron?

–Nos fuimos escapando por unas salidas que las grutas tienen hacia atrás. Nos dispersamos por el monte, y ahí sí la tombamenta se quedó viendo un chispero, porque a la gente enmontada no la encuentra ni Mirús.

–¿Y el ángel? ¿Qué pasaba con la señora Ara y con el ángel?

–Ya le dije que nada.

–¿Pero dónde estaban?

—Estaban en el monte, y allá estarán todavía, con los vecinos de Barrio Bajo.

—Es que no entiendo. Cuando terminó la pedrea, ¿por qué no volvieron a sus casas?

—Cómo se le ocurre, ¿no ve que los tombos son resentidos y no perdonan? Y sobre todo, por un mensaje que nos mandaron desde La Estrella.

Al día siguiente, después de asistir a un comité de redacción en el que ni supe qué dijeron, me apunté para entrevistar a un narcotraficante rehabilitado que financiaba una clínica para toxicómanos; esto me permitiría volarme después a Galilea aprovechando la última paloma en el jeep de Harry, que regresaba esa tarde.

Allá me encontré con que la realidad iba volviendo poco a poco a ocupar su lugar. Verifiqué personalmente con el dueño de La Estrella, que ya estaba otra vez detrás del mostrador, el contenido del mensaje enviado a Ara, el cual suponía menos dramático de lo que lo había pintado el hiperbólico Orlando, quien hablaba de asociación para delinquir y conspiración inatajable por parte del padre Benito y los del M.A.F.A. para asesinar al ángel.

Lo que había ocurrido era que inmediatamente después de la pedrea seis de los muchachos del M.A.F.A. se habían dejado ver en La Estrella tomando cerveza y contando dinero, y jactándose de que habían echado del barrio al ángel y a sus fanáticos y no los dejarían regresar. "Ya es hora de que ese angelito vuelva al cielo", me dijeron que decían.

Los testigos de aquello interpretaron esas palabras como amenaza de muerte, y atando cabos dedujeron que el padre Benito habría contratado al M.A.F.A. para que la pusiera en práctica, y además para garantizar la permanencia en el exilio del resto de la oposición. Versión que no estaba lejos de la de Orlando.

Pienso que es más o menos en este punto cuando esta historia deja de serlo para volverse leyenda. O que, para mí, pasa de ser sucesión corta y vertiginosa de hechos, para convertirse en prolongada y monótona nostalgia.

Recuerdo bien que ese lunes en La Estrella, al día siguiente de la fuga del ángel al cerro, yo había tomado la inquebrantable decisión de partir tras él, de buscarlo donde fuera y seguirlo hasta el fin del mundo. Renunciaría a todo, me arrojaría de cabeza a la nada con tal de no perderlo. Recuerdo que a tomar tal decisión me había movido sobre todo el despecho, palanca más poderosa que el amor, pero también más engañosa. Lo que ya no puedo detallar con precisión es el trazo del laberinto de aplazamientos y pretextos –todos tan menudos y ordinarios como tramitación de permisos laborales, indisposiciones de estómago, tomas de la carretera por parte de la guerrilla o falta de dinero para dejar pago el alquiler– en cuyos vericuetos empecé a refundir mi decisión.

Lo cierto es que cuando llegó el obstáculo definitivo, ya había dejado escapar en la práctica al amor de mi vida por andar atrapada en las mínimas certezas de la cotidianidad. De esto me doy cuenta clara ahora pero no lo sabía en ese momento, porque todavía tenía el morral armado y listo para el gran viaje el día en que una papeleta, al tornarse violeta al contacto con la orina, me dio lacónica notificación de mi embarazo.

Al principio la cosa fue fatal, y yo vomitaba tanto que más que embarazada parecía posesa. Se me iba el día en llorar, mi jefe sospechaba, mis pechos se hinchaban, Ofelia me recriminaba el haber hecho el amor sin tomar precauciones.

–Mentiras, no he dicho nada –comentó un día–. No tienes

la culpa. Al fin del cuentas, ¿a quién se le ocurre advertirle a un ángel que se ponga condón?

Entre llantos y vómitos, me iban llegando de aquí y de allá noticias del padre de la criatura. Las traían los vecinos de Barrio Bajo, que lo habían acompañado en sus correrías convertidos en ejército hambriento, desarmado y zarrapastroso, pernoctando en guaridas y cambuches, alimentándose como las aves del Señor, y que poco a poco, por grupos, iban regresando a sus casas, primero los más audaces, después los que en el pasado habían estado menos comprometidos con el ángel y tenían por tanto menos deuda con el M.A.F.A., finalmente los derrotados por la vida nómade, que decidían encarar los peligros del barrio con tal de recuperar su hogar.

Al principio contaron cosas simples, como que el ángel había comido guayabas verdes a la salida de Punta del Zorro, o carne de chivo en una fritanguería de la plaza de Choachí. Eran anécdotas plausibles, como que había apaciguado un toro bravo en un potrero de la finca de Miguelito Salas.

Pero a medida que crecía su audiencia empezaron a hablar de él en términos cada vez menos personales y más mitológicos, como si se tratara de Superman o Pablo Escobar, y a relatar la crónica de sus prodigios: sólo él resistía desnudo las heladas del páramo, su cuerpo no conocía el hambre ni el cansancio, su dulzura inundaba los valles, su luz alumbraba los caminos, su paso dejaba un reguero de estrellas.

Aunque más de una vez tuve datos bastante exactos sobre su paradero, y aún ardía en deseos y ansiedades de reunirme con él, esa posibilidad se me fue haciendo cada vez más remota porque el niño, pese a mi violenta reacción psicosomática, se iba instalando en mí con tan sorprendente aplomo y tan incondicional confianza, que ni por un momento me permitió considerar la interrupción del embarazo. Así sucedió que me fui montando, sin darme cuenta, en una dinámica acogedora y casera de tejer saquitos, tomar pastillas de hierro y calcio y pintar paredes de azul cielo, que no parecía compatible con agotadoras peregrinaciones nocturnas por el filo de una montaña bajo un aguacero.

Después fue gente extraña, que juraba haber sido testigo de la gloria del ángel, la que empezó a dar cuenta de sus hazañas. Por primera vez oí hablar de sus milagros: habría salvado a la población de Santa María de Arenales de una inundación, habría hecho caer maná del cielo sobre el pueblo famélico de Remolinos. Algunos de los hechos que le atribuían eran ambiguos o de difícil interpretación, como la vez que, según las buenas lenguas, habría castigado a una mujer infiel infligiéndole una marca incandescente en la frente, o el domingo soleado en que dejara ciegos a unos campesinos que lo miraban con arrobamiento. Todo lo cual sólo iba en aumento de su prestigio, porque ante los ojos sin malicia de los crédulos, tan milagroso es el hecho de que un ciego vea, como que un vidente deje de ver.

Aunque suene sorprendente, de las mujeres incondicionales de la junta la primera en abandonarlo fue la que más desesperadamente lo quería: la señora Ara.

—Me vine por Orlando —me confesó a su regreso con una voz que era puro dolor—. Para ocuparme de él como Dios manda. Por seguir a un hijo al que nunca he tenido, estaba abandonando al que siempre ha estado ahí.

La siguió Sweet Baby Killer, quien cuidó del ángel minuto a minuto con la más humilde de las dedicaciones y la más perruna de las lealtades, hasta que una herida infectada en una pierna le degeneró en gangrena y finalmente en gusanera blanda y fétida, impidiéndole dar un paso más detrás de él.

De sor María Crucifija se contaba que había aprovechado la ausencia de las otras y la falta de controles para apropiarse del ángel y manejar su imagen pública en beneficio propio. Que se había destapado como caudilla intransigente y dogmática, tan dueña y manipuladora de la verdad extraoficial como lo había sido el padre Benito de la verdad oficial. Se decía que en nombre del ángel arengaba a sus seguidores con un discurso contradictorio, a la vez grandioso y ridículo, honestamente rebelde y patéticamente retórico.

Pero pese a la fama negra que pronto la rodeó, y que todavía se asocia a su nombre, cuando miro hacia atrás debo reconocer que sor María Crucifija cumplió con su misión. Todo ángel debe tener un profeta en la tierra, para que lo anuncie y lo interprete ante los seres humanos, y así como contó Yahvé con Jesucristo, y Alá con Mahoma, así el Ángel de Galilea la tuvo ella. Está claro que mi ángel no tuvo nunca interés en ser alguien, y es probable que, de no haber sido por María Crucifija, efectivamente no hubiera llegado a ser nadie.

También a Crucifija le llegó la hora de desaparecer de esta historia, lo cual ocurrió cuando fue despojada de su autoridad por el Decimotercer Frente de las Farc, la guerrilla insurgente dominante en la zona, que resolvió darle al ángel el título honorario de comandante en jefe y arrastrar con él, echándolo por delante para que ablandara el alma de los campesinos y le abriera espacios nuevos a su labor proselitista.

Pero tampoco la guerrilla logró encauzarlo por mucho tiempo, porque él se las arregló para dejarla atrás y seguir siempre solo, siempre más lejos, sin voltear a mirar ni parar a descansar, empujado por su fortaleza sobrenatural y guiado por la estrella indescifrable de su destino.

Alguna vez, ya muy avanzado mi embarazo, llegó a oídos de la señora Ara la nueva de que su hijo se encontraba acampando, junto con sus huestes, en una específica vereda del pie de monte llanero, llamada, quién sabe por qué, Fuente Leones. Dio la casualidad de que un tío mío tenía una finca cerca de ese lugar y nos la prestó para pernoctar, así que nos animamos a salirle al encuentro al ángel.

Logramos verlo, más maduro y robusto que antes y más solitario que nunca, en medio de un paisaje rocoso y dramático de vegetación verde esmeralda, nubes violetas y sombras moradas, pero sólo de manera anónima y a la distancia, porque entre él y nosotras se interponía una masa compacta y ululante de fanáticos que no permitía el acceso. Tampoco nos hubiéramos acercado, de haber podido, por no interrumpir la intensidad de su trance místico, que lo sostenía erguido y tenso sobre un peñasco afilado, peligrosamente inclinado su cuerpo magnífico hacia el abismo, sordo a las adulaciones, desentendido de sus adoradores, desconfiado de su propia divinidad, ajeno por completo al poder y a la gloria, entregado el pelo negro a los vientos y la mirada perdida en los fulgores del ocaso.

No voy a negar que al contemplarlo volvió a crepitar el incendio en mi corazón. Pero no di ni un solo paso hacia él, ni uno solo. *Noli me tangere*, gritaba desafiante e imperativa su boca muda, sus ojos ciegos, todo su ser. Y yo supe entender su mensaje, No quieras tocarme, y muriéndome por dentro supe obedecer.

Fue la última vez que lo vi. Poco después habrían de sobrevenir los nunca aclarados eventos que determinarían su desaparición, en el cruce del río Blanco y el río Negro, justo en el lugar donde hoy puede verse un tosco santuario de piedra erigido en su honor.

Permaneces despierta en la oscuridad de una noche quieta de septiembre. Guardas silencio y aguzas el oído. ¿Alcanzas a escuchar? Un rumor de alas, apenas un roce de plumas... El aleteo que altera levemente el aire... Ésa es mi voz.

¿Te abraza un fulgor interno, tan tenue que apenas entibia tus entrañas? Es mi presencia diluida en el éter, que atraviesa el olvido y llega hasta ti. Desde las sombras del destierro te habla el ángel proscrito; vengo a susurrarte la gesta de mis antiguas batallas.

Soy lo que queda de Uriel Arcángel, antigua llama de Dios, incendio voraz que en su pasado de gloria calentó e iluminó los planetas y los corazones. Era yo quien mantenía el equilibrio de los universos creados y por crear. Era yo, y no otro, quien vagaba por llanuras azules meditando en el orden del mundo, ahora roto y librado a los tropeles del loco azar. De mí dependían las criaturas nacidas bajo el signo de la Libra; mis pasos resonaban por el hemisferio sur, hoy privado de mi tutela y expuesto a los rigores de la peste, el hambre y la guerra. Mi séquito estuvo compuesto por diez sabios colmados de ciencia, los cuales permanecían callados, sabiendo lo que tanto se olvida, que el no saber es la única ciencia.

Me ves reducido a esencia casi extinta: soy el rescoldo que respira bajo las cenizas. Sobrevivo, anónimo, clandestino, en el fervor de la multitud ignorante, tan sabia que alaba a los ángeles aunque no sepa sus nombres.

Te preguntas qué fue de mi grandeza de antaño. Quién apagó la luz que de mí intensamente brotaba, quién tiznó mi rostro de astro pálido, quién opacó mi traslúcida piel de alabastro y cortó los bucles que caían sobre mi espalda. Quieres saber cuándo empezaron mis guerras.

Sucedió por los tiempos en que los hombres resintieron la

lejanía de Dios, recluido e inaccesible como Supremo Monarca
en las alturas del cielo, y buscaron el amparo de los ángeles, a
los cuales encontraron presentes en cada esquina de la tierra,
partícipes de la naturaleza de todas las cosas, hasta de las
mínimas, como los ratones y las agujas. Cada hombre y cada
mujer pudieron confiar en un amigo con alas, y desde su primer instante de existencia, cada recién nacido sintió el aliento
de un guardián sobre la cuna. También cada país, hasta aquéllos que no figuran en los mapas, y cada ciudad, río, riachue-
lo, montaña y lago, todos tuvieron su ángel tutelar. No hubo
oficio humano que no contara con un bienhechor. Uno para
los albañiles y otro para los pastores, uno para el soberano y
otro igual para el vasallo, para el noble y el siervo de la gleba,
para el músico y el saltimbanqui, para el caballero y también
para su escudero, para el cazador de venados, la viñadora, la
marquesa, la ordeñadora de cabras, la parturienta, la pana-
dera.

Era el reino seráfico en la tierra, y yo, Uriel, ocupaba mi
lugar junto a Miguel, Gabriel y Rafael en el sanedrín de los
arcángeles mayores, en igualdad de jerarquía y equidistantes
del trono: al norte Rafael, peregrino, patrono de viajantes y
extranjeros, portador del nombre de Dios escrito en una ta-
bleta sobre su pecho, médico de enfermedades y reparador
de heridas. Al oriente Miguel, guerrero imberbe y fogoso, cuyo
grito de guerra es ¡Quién como Dios! y cuyo enemigo, el
Dragón, cae decapitado de un solo tajo de su espada. Al occi-
dente Gabriel, mensajero, envuelto en ropajes soberbios, men-
cionado con tanta admiración en la Biblia como en el Corán,
portador universal de las buenas nuevas. Y en el sur yo, Uriel,
pensador y pirómano. El grande Uriel, llama de Dios, a quien
Enoch, patriarca antediluviano mal tenido por apócrifo,

reconoció el lugar más elevado en el firmamento, por debajo únicamente del Padre.

La multitud angelical que conmigo invadió la tierra fue bienvenida por los humildes y simples de espíritu, lo cual para otros fue motivo de alarma y descontento, habiendo quienes vieron con espanto nuestro dedo puesto sobre todos los seres y las cosas. ¡Panteísmo pagano!, gritaron los altos jerarcas de la Iglesia, carcomidos por los celos al sentirse desplazados. ¡Animismo herético!, exclamaron, inquisidores y desconfiados, los santos doctores, al sentir amenazado el protagonismo exclusivo de Jesús, Hijo de Dios.

Sobre mí, Uriel, entonces llamado el Grande, recayó la venganza de Zacarías, Papa, quien llevado del encono prohibió mi nombre, condenando a mis seguidores a la hoguera.

Pero el anatema y el castigo sólo atizaron las llamas, y la fe en mí se propagó hasta los confines del Sacro Imperio Romano, y todavía más allá, como incendio en los bosques secos del verano. Así mismo se multiplicó el número de mis enemigos, entre los cuales los hubo poderosos, como Bonifacio, santo y mártir, y los soberanos Carlo, el Magno, y Pepino, el Breve.

Se abatieron sobre mí las adversidades. El concilio de Laodicea, el sínodo de Soissons, el concilio germánico, resueltos a ganarme la contienda, reconocieron como nombres auténticos de ángeles sólo aquellos mencionados en las Escrituras, los cuales son únicamente tres, a saber, los de Gabriel, Rafael y Miguel, y en consecuencia sentenciaron que los demás eran apelativos de demonios, entre ellos el mío, Urielo, el cual cancelaron del conciliábulo de los cuatro mayores, y pusieron a encabezar el índice de los malditos, seguido por los de Ragüelo, Jubuelo, Jonia, Adimus, Tubuas, Sabaot, Simiel, Jejodielo, Sealtielo y Baraquielo.

Quienes invocaran a estos ángeles, u otros con nombres

incógnitos, fueron declarados supersticiosos, excomulgados y condenados a muerte.

Miguel, Rafael, Gabriel: únicos tres que mantuvieron sus títulos y dignidades, mientras yo, el cuarto entre los grandes, pasaba a ser el primero de la horda proscrita. El papa Clemente III ordenó borrar mi imagen de Santa Maria degli Angeli, en Roma, y su ejemplo fue seguido por obispos y abades, con lo cual vino a suceder que en mosaicos y frescos quedé reducido a anónimo borrón de estuco, al lado de la grandeza reconocida y eterna de Miguel, de Gabriel, de Rafael.

El teólogo Giosseppe de Turre quiso justificar tales atropellos señalando el peligro que resultaba del hecho de que cualquier creyente pudiera nombrar a los ángeles con vocablos inusitados, creados arbitrariamente por su propia voluntad.

Lo que en verdad temían Giosseppe de Turre y los demás teólogos era perder autoridad y mando sobre las creencias de las gentes. Temían también que nosotros, ángeles del Señor, siendo casi tan perfectos como el propio Señor, casi tan dotados de belleza, poderes y atributos, llegásemos a igualarle, o aun a sobrepasarle.

Llevados por sus odios y sus miedos, los jerarcas persiguieron a quienes llamaron idólatras hasta teñir de rojo bosques y ejidos del sur de Francia. En el Valle del Lico quemaron las cruces y echaron abajo los santuarios erigidos en mi honor. Llevaron a la hoguera a cientos de mis devotos, quienes murieron con un grito en los labios: *Non moritur Uriel!*

Pese a todo, perduro. La sangre y el fuego no lograron borrarme de la tierra. Sobrevivo, como el rescoldo bajo la ceniza, en las mínimas reliquias que burlaron la censura, y que hoy le hablan al iniciado de mi paso por el mundo:

Estoy presente en el himno de san Ambrosio, que solía

rezar a grandes voces, «*Non moritur Gabriel, non moritur Raphael, non moritur Uriel*».

En una lámina de plomo para alejar el tumor maligno hallada en las cercanías de Arkenise.

Entre los coptos, que aún celebran mi fiesta cada quince de julio.

En el Canon Universalis de los etíopes.

En los calendarios orientales.

En letanías y exorcismos medievales difundidos por Siria, Pisidia y Frigia, de los cuales se conservan fragmentos inconexos.

Como guerrero de rasgos orientales puedes encontrarme en las penumbras doradas de la Capella Palatina de Palermo.

Estoy presente en Sopó, blando de carnes, cortesano de porte y de mirar ambiguo, en un óleo colonial cuyo pintor anónimo quiso ataviarme en terciopelos, y colocarme en la diestra un espadín de fuego.

Habito tenuemente, desdibujado ya, casi ido, en estas páginas manuscritas, en las cuales tú, mujer de Galilea, haz querido proteger el latido agónico de mi sangre.

Por tanto en ti perduro, y a ti recurro en esta callada quietud de septiembre. De mí queda poco, pero estoy aquí. Seré sombra propicia que ronde tus días. Agua fresca que alivie tus horas de espanto. Perro fiel a tu vera, a lo largo del camino. Flecha que indique por dónde, cuando te llegue el momento de partir.

Mujer: ponte de rodillas. Extiende los brazos, como ramas de árbol. Desocupa tu casa y abre la ventana, para que este desecho de arcángel, que huye espantadizo, entre sin miedo y encuentre un refugio donde pueda arder, secreto y discreto, como un fuego fatuo.

Repite conmigo la letanía de Ambrosio, y sálvame de la nada: *Non moritur Uriel! Non moritur Uriel! Non moritur Uriel!*

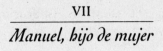

VII

Manuel, hijo de mujer

Subo todas las semanas a Galilea, a acompañar a doña Ara y a llevarle de visita a la niña, a mi hija, que ya cumplió seis años.

Orlando, su tío Orlando, trabaja de día como gráfico en Somos y estudia de noche bachillerato técnico. Sigue siendo una fiera para todo, y es tanto lo que me ayuda que no sé qué haría sin él.

Sor María Crucifija fue a parar a un pueblo cafetero llamado Belén de Umbría. Dicen que anda de ermitaña y que pasa los días y las noches, enmontada y solitaria, entre una covacha de alimaña. De Sweet Baby Killer supimos que perdió la pierna y que camina con prótesis de palo, pese a lo cual se las arregla para ganarse la vida como estibadora en el puerto de Buenaventura. Marujita de Peláez sigue viviendo en Galilea, pero ya no usa capa azul ni de ningún color. El padre Benito murió hace un par de años, pero no de cáncer pulmonar debido a los Lucky Strike, como hubiera sido previsible, sino infartado a causa de tanta rabieta. El M.A.F.A. se desintegró porque casi todos sus miembros se fueron para Medellín, donde pasaron a engrosar las filas del narcotráfico.

Desde que llevé por primera vez a la Bella Ofelia a casa de las Muñís, las convirtió en sus adivinas de cabecera. El par de viejas la quieren y le preparan ungüentos para que conserve por siempre su piel de muñeca, y Ofelia, en retribución, no deja pasar mucho tiempo sin ir a visitarlas, y no toma decisiones en materia amorosa sin su asesoría.

Doña Ara teje colchas y carpetas de crochet, y de eso se mantiene. Vive su vida serenamente, ocupándose de Orlando y dedicándole a su nieta —mi hija— todo el amor que de niño no pudo darle a su hijo mayor. De éste no volvió a saber nada después de su desaparición; ni siquiera volvió a recibir sus mensajes, así que dio por terminada su labor de escribana.

Me tiene prohibido publicar los cincuenta y tres cuadernos antes de la fecha de su propia muerte, con excepción de los seis fragmentos que, después de mucho rogarle, pude incluir hoy entre estas notas. Menos aún ha querido entregárselos a la Iglesia, a pesar de que el propio arzobispo de Santafé de Bogotá subió hasta su casa a reclamarlos. No a la misma casa de antes, a otra distinta, porque doña Ara se mudó siete cuadras más abajo.

La casa anterior se volvió un santuario tan concurrido, que lo visitan hasta los presidenciables en campaña electoral.

Por todo el cauce de la vieja calle de Barrio Bajo sube ahora una amplia escalinata de cemento, con kioscos a lado y lado donde se venden medallas, estampas, oraciones y toda suerte de recuerdos del ángel de Galilea, muy reconocido hoy día por sacristanes, obispos y demás jerarquías eclesiásticas. Lo que más se vende son unos relicarios que contienen trozos de su verdadera túnica, y cuero de sus sandalias. Falsas reliquias y falsa memoria de quien no tuvo en vida ni camisa ni zapatos.

La escalinata de cemento desemboca en la mole de hormigón de la nueva basílica, construida sobre lo que fuera Bethel. Abajo, entre lo que queda de las grutas, en los cimientos de la basílica, habita una población subterránea de mendigos, drogadictos y gamines que subsisten de las monedas que les tiran los peregrinos. Hay otras novedades, como una central de buses para movilizar a los visitantes, y un par de pensiones para hospedar a los que vienen de lejos.

La basílica se llama del Santo Ángel, y tiene al lado del altar la representación en yeso de un muchacho blanco y rubio, con un par de alas gigantes que lo bajan del cielo, bata corta de romano, manto carmesí, corona de oro falso y un pie enfundado en sandalia griega que aplasta sin asco a una mala bestia. Detrás de la estatua, una banda electrónica —como las que anuncian en MacDonald's los precios de las hamburguesas— va soltando, letra por letra, en bombillitos rojos, la retahíla de los diez mandamientos, los siete sacramentos y las obras de misericordia.

Todo ese tinglado impresionante no tiene nada que ver con nosotros, y el ángel que tanto veneran no es el nuestro. Doña Ara, Crucifija, la niña y yo no cabemos en la versión oficial que le han montado. Tampoco Sweet Baby Killer, ni Marujita de Peláez. La cosa es que al nuevo párroco sólo le gustan las historias celestiales y doradas, y no quiere saber de nada, ni de nadie, que amarre al ángel de Galilea a esta tierra. Y menos si se trata de mujeres. Para creer en el ángel, la Iglesia tuvo que quitarle los afectos, la carne y los huesos, y convertirlo en una fábula sosa producida por su propia invención.

Por lo demás, el barrio ha cambiado poco. Salvo La Estrella, que tiene nuevos dueños y ya no se llama tienda sino supermercado. Aún no hay pavimento ni alcantarillas, y cada tanto, durante el invierno, el agua se lleva alguna casa.

Yo todavía trabajo para *Somos*. Sigo escribiendo las mismas tonterías, pero ahora me las pagan mejor. Vivo con mi hija, y me dedico a ella casi por entero. No he querido casarme, y aunque desde entonces han pasado por mi vida varios hombres, aún conservo en mí la nostalgia del ángel, generalmente en sordina, pero por momentos —como éste— tan fuerte que resulta enloquecedora.

No acabo de agradecerle a las gentes de Galilea, que me hicieron ver lo que mis ojos por sí solos no hubieran visto. No es fácil reconocer a un ángel, y sin ayuda me hubiera sucedido lo que a muchos, que lo tuvieron cerca y no se dieron cuenta.

Donde mi hija se encuentra verdaderamente a gusto es en Galilea. Con Orlando y una olla sube al cerro a hacer comiditas en hoguera; juega y pelea en la calle con los otros niños; a veces se me pierde durante horas, hasta que la encuentro dormida frente al televisor de algún vecino. Quiero decir que afortunadamente los habitantes del barrio la ven como a un niño más. Pero al principio no fue así.

Cuando iba a nacer, se juntaron por lo menos cincuenta o sesenta de ellos en el pabellón de maternidad de la Clínica del Country, con cirios y flores. Los demás quedaron pendientes arriba, en el barrio. Decían que se habían presentado todos los signos propicios: el número justo de estrellas en el cielo, el canto de la mirla a la hora indicada, la curva exacta en el cuncho del café.

Fue una verdadera conmoción, muy delirante, y los médicos y las enfermeras no entendían nada. Pero yo sí entendía, y agonizaba de angustia. Lo que la gente esperaba era el cumplimiento de la profecía, el nuevo eslabón de la cadena, el nacimiento del ángel hijo de ángel, como venía sucediendo hacia atrás por siglos y debía suceder hacia adelante.

Yo ya tenía la decisión tomada: me llevaría a mi hijo lejos, a otra ciudad, donde pudiera crecer sin el peso de ese estigma. Por supuesto, cuando supe que era niña mi alivio fue inmenso. En cambio la noticia cayó como un balde de agua helada sobre la gente de Galilea: quería decir que no se había cumplido la reencarnación, porque un ángel mujer les resultaba inconcebible.

La decepción fue grande, y rápidamente el barrio se olvidó de la niña y de mí. Bueno, no nos olvidaron, porque nos quieren bien, y nos aceptan. Digamos mejor que olvidaron los episodios pasados y el origen de la niña. Ella misma poco sabe de todo eso. Sólo le he dicho que su padre fue un ser excepcional, y que se llamó Manuel.

Cómo sé yo que se llamó Manuel? Me lo revelaron las Muñís. Me dijeron que el abuelo del ángel, además de ser hombre ruin, profesaba fanáticamente la religión, y que antes de venderle el niño a los forasteros, calmó su conciencia mandándolo bautizar. Le hizo poner el nombre de Manuel. Eso me revelaron las Muñís –mejor dicho Chofa, porque Rufa sigue sin abrir la boca– y yo resolví creerles. Les creí, primero porque Manuel significa El que está con Nosotros. Y segundo, porque al fin y al cabo no tenía presentación decirle a la niña que, por cosas de la vida, su padre no tenía nombre alguno.

Es una dicha que mi hija pueda crecer en condiciones normales, como lo que es, una niña sana y normal. Para mí es una criatura maravillosa, por supuesto, pero eso se entiende, porque soy la madre. También doña Ara la ve con ojos de abuela cada vez que murmura "¡Esta muchachita alumbra!". Nunca he detectado en ella ningún rasgo excepcional que la aparte del montón. Sobre todas las personas adora a su tío Orlando, colecciona comics, odia las verduras, usa calculadora para hacer las tareas de aritmética, viste muñecas, es una obsesa del Nintendo. Aunque la bauticé con el nombre de Damaris, el mismo de mi madre, en realidad no le decimos así, porque no parece cuadrarle, y cada quien la llama por un apodo diferente. Es muy hermosa, hay que decirlo, pero no más que tantas otras que andan por ahí.

Sólo una cosa me inquieta en ella. Una sola cosa, que me desvela y me hace pensar: esa clarividencia abismal de sus ojos oscuros, que todo lo comprenden sin necesidad de palabras, y que, sin embargo, a veces uno creyera que miran pero no ven.

211

Agradecimientos

A Iván y a nuestros hijos.

A mi cuñado Gonzalo Mallarino Flórez, quien me ayudó a corregir los originales.

A todos los que me aportaron datos sobre el mundo de los ángeles, o me colaboraron para este libro de otras muchas maneras: Patricia di Prima, los bibliotecarios de la Biblioteca Angelica de Roma, Ana Cristina Navarro, monseñor Iván Marín, Kelly Velásquez, María Elvira Escallón, los Matíos, Gloria Rave, la señora Xiona y la señora Luciana, Rodrigo y María del Carmen Meza, los psiquiatras Ismael Roldán, Ricardo Sánchez e Ignacio Vergara, el padre Jansen de la Universita Gregoriana de Roma, Amparito y su gran Julio, el padre Daniel Estivil del Pontificio Istituto Orientale de Roma, los abogados Guillermo Baena y María Teresa Garcés, el padre Alejandro Angulo, S. J.

A mis editores, Moisés Melo y Margarita Valencia.

A Gonzalo Mallarino Botero, mi experto consultor de cabecera.

Al padre Francisco De Roux, S. J., por horas y horas de conversación.

A la extraordinaria y lúcida Elvira Martínez.